GREGORY CORSO
心智场

Mindfield
New & Selected Poems

〔美〕格雷戈里·柯索　　　　　　　著

罗池　　　　　　　　　　　　　译

著作权合同登记号　图字 01-2020-5080

Mindfield: New & Selected Poems
© 1989 by Gregory Corso
This edition published by arrangement with Da Capo Press, an imprint of Perseus Books, LLC, a subsidiary of Hachette Book Group, Inc., NewYork, NewYork, USA.
All rights reserved.

图书在版编目(CIP)数据

心智场/(美)格雷戈里·柯索著；罗池译.
—北京：人民文学出版社，2021
(巴别塔诗典)
ISBN 978-7-02-016659-6

Ⅰ.①心… Ⅱ.①格…②罗… Ⅲ.①诗集-美国-现代 Ⅳ.①I712.25

中国版本图书馆 CIP 数据核字(2020)第 210926 号

| 责任编辑 | 朱卫净　何炜宏 |
| 装帧设计 | 李苗苗 |

出版发行	人民文学出版社
社　　址	北京市朝内大街 166 号
邮　　编	100705
印　　刷	上海利丰雅高印刷有限公司
经　　销	全国新华书店等
字　　数	180 千字
开　　本	889 毫米×1194 毫米　1/32
印　　张	12.625
插　　页	5
版　　次	2021 年 10 月北京第 1 版
印　　次	2021 年 10 月第 1 次印刷
书　　号	978-7-02-016659-6
定　　价	89.00 元

如有印装质量问题，请与本社图书销售中心调换。电话：010 - 65233595

献辞

我儿，尼尔[①]
　　——我该认得你
　　你即我

给 W. S. 巴勒斯
　　——我认得你
　　可爱的发光的你

给罗杰[②]、欧文妮和希拉里
　　——流浪汉灭绝者，
　　一切可爱东西的
　　保护人——

[①] 尼尔（Nile），生于 1985 年，柯索的小儿子，与诗人凯伊·麦克多诺（Kaye McDonough，1943—　）所生。
[②] 罗杰·理查德（Roger Richards）一家在纽约格林尼治村经营文艺书店，是柯索晚年的老房东。

柯索的成就（序一）

艾伦·金斯堡

格雷戈里·柯索是一个警句诗人，一个观念诗人。怎样的现代诗人能写得这么简洁清晰，让诗句毫不费力地直入人心？当然是叶芝、庞德、威廉斯、艾略特、凯鲁亚克、克里利、迪伦[①]和柯索才有这种品质。

柯索对观念的处理是独特的，如很多以一个词为题的诗（《力量》《炸弹》《结婚》《军队》《警察》《头发》《死》《小丑》以及后期的《朋友》等）。他从原初概念中提炼精髓，添入幽默，使之全新地再生，对通常的地方认识进行检验、比照、点化，得出令人震惊的（解构性的或不协调的）洞察。以此模式，他1950年代后期的诗作（如同凯鲁亚克1951—1952年的经典之作《雾中的琼·[克劳馥]罗珊克斯》和《尼尔和三个臭皮匠》）[②]预先显示了波普艺术的特质，对日常器物的实际性关注。

一个诗性哲人，柯索的离奇洞察中混合着智慧和

[①] 应指摇滚诗人鲍勃·迪伦（Bob Dylan, 1941—　）。
[②] 出自凯鲁亚克的《科迪幻象》。

语诗①。"我有一个幽默把我从业余哲学中拯救,"他写道,"鱼是动物化的水"——"我知道我所说的将成为所有人熟知的预言/我没说的也不亚于那些为人熟知的"——"无在无之上在万无的一无之中一个无之王"——"我发现上帝是一张庞大的捕绳纸"——"守在一个街角落等到一个没着落就是力量"——"一颗星/远如/眼/之所见/又/近如/眼/之于我"——"我又怎能信他们/他们用天堂/污染了天空/又用地狱污染地下。"

作为诗歌艺匠,柯索无可挑剔。他的修正方法被称为"裁剪术",主要有音节省略和凝缩,得出核心短语,超凡的思维跳跃式的幽默。马戏团里小丑的声音,从过剩中抽取出来,简缩为完美的表达式,"叮叮喳啊咚咚锵!嘀嘀嗒嘀嗒!嘟嘟!"速写图,明快的思想剪刀。

作为观念的工程师,对某些概念反复重新裁剪以求出微差,例如,"我将永不知道我的死亡"(亦即,死了他也不会知道),还有"你不能踏入同一条河流一次"。

他的后期作品,《全都乱套了……几乎》是一部

---

① 语诗(logopoeia),出自庞德散文《怎样阅读》,其中将诗歌分为:音诗(melopoeia)、形诗(phanopoeia)、语诗(logopoeia)3种,并认为"语诗"是最高级的,是"词群中的智力舞蹈"。

关于"经验"的杰作，宏大的诗性抽象，在一首短诗中以绝妙又私密的亲昵将真理、爱情、上帝、信望爱、美、钱、死和幽默都鲜活化了。

作为诗歌的词语发射机，他善于将简单的惯用语转为机智："帽子是力量"，"油炸鞋"，或者：

哦炸弹　我爱你

我要亲吻你的铿锵　吞食你的轰隆

你是一首赞歌一声啸叫的顶点

雷霆先生的抒情帽①

还有像"一个占星家浅尝恶龙的散文"这样的大规模发明：

……炸弹

从你的肚皮养育大群秃鹫式的敬礼

冲杀向前你闪亮的鬣狗稃子

一路沿着天堂的涯岸

柯索还是一个出色的政治思想家；他作为典型的艺术漫游者在欧洲的旅馆、城堡和街道的多年浸染让他对北美找到了自己的视点。他作为"垮掉的一代"文艺运动的创始人，连同凯鲁亚克、巴勒斯、奥洛夫

---

① 引自《炸弹》。这首诗原文居中排版，形如蘑菇云。

斯基等，在20世纪中期的世界文化革命中所占的显要位置，让他得以体验一种几乎少有诗人或政治家得知的历史内情。组诗《悲情美利坚》的读者会赞赏柯索对"帝国之病"的时代性洞察。早期诗如《力量》《炸弹》《军队》，以及旅欧时期的大量短诗都证明，柯索在雪莱所言的"不被承认的世界立法者"①中间是一个天生的预言家。

柯索是诗人的诗人，他的诗纯净流畅，堪称我们这个时代的约翰·济慈，按着缪斯的方式敏锐而精妙。他已经并将永远作为一个广受欢迎的诗人，年轻人的唤醒者，老藏书家们的高深谜题和无穷乐趣，像"不朽"一样不朽，为灵魂革命作出示范的"诗歌船长"，他的"诗歌是伪善的对立面"，一个孤独人，可笑地没得过国家奖项的无冕者，神圣的"被诅咒的诗人"②，维庸式的兰波般的流氓诗人，他的狂野名声数十年来已远播从法国到中国的世界各地，世界诗人。

1989年3月

---

① "不被承认的世界立法者"，指诗人，出自雪莱散文《为诗歌辩护》。
② "被诅咒的诗人"（Poet Maudit），指才华横溢、惊世骇俗、不为社会所容的诗人，如兰波。

诗人格雷戈里（序二）

威廉·巴勒斯

有人问塞缪尔·贝克特他对威廉·巴勒斯有什么看法，据说他是这么答的，多少有点勉强："嗯，他是一个作家。"我一直很珍视这个恭维。

但我可以说，毫不勉强的：格雷戈里·柯索是一个诗人。他具有一种纯抒情能力的罕见天赋。而且他从不怀疑他的称号。

我第一次见到格雷戈里是在艾伦·金斯堡的公寓，在纽约东七街，1953年。当时，我刚从南美洲旅行回来，去找"灵藤水"来着。我那时只出版过一本书《瘾君子》。艾伦跟我说有一个年轻的天才马上就到，而且还要给我们做早餐。格雷戈里来了而且还烤煳了吐司。当我用一种毫无必要的苛刻来责备他的时候，他说，实际上，说白了，他只是一个"诗人"。

后来我时不时地在艾伦那儿见到格雷戈里，还有在圣雷莫酒吧。他有一种特殊的品质，一种光彩焕发的、孩子气的魅力。那时我还没能体会到他的诗歌的品质。过了些年才有这个公认，在巴黎，当时布里昂·吉辛、辛克莱·贝勒斯[1]、格雷戈里，以及笔者在

---

[1] 布里昂·吉辛（Brion Gysin, 1916—1986），英国画家、实验艺术家，"剪碎"（cut-up）艺术的开创者，威廉·巴勒斯的长期合作伙伴。辛克莱·贝勒斯（Sinclair Beiles, 1930—2000），南非诗人。

合作"Minutes to Go"项目。布里昂被格雷戈里的诗吓坏了,而我也在猛然间看到、听到、认识到:格雷戈里是一个诗人。

我想起很多小事情。我们在一家法国餐馆订了野猪,就在我们一帮人住的宿心街①附近一个拐角。野猪上来了,格雷戈里闻了一下便谢绝品尝。我盛气凌人地骂他乡巴佬,然后给自己满上一口——差点就想呕在菜盘上,用塞缪尔·约翰逊评论过烫的食物的话来说就是:"傻瓜才会吞下去呢。"真是一股恐怖的腥臊恶臭。但我还是一大口咽了下去,为了长见识。

就像我说的,格雷戈里从不怀疑他的称号。多年以前,他打电话给 W. H. 奥登,奥登说:

"谁啊?"

"格雷戈里。"

"格雷戈里谁啊?"

"格雷戈里,诗人!"

奥登,他在全盛时期也有过学究气的勇猛,是不会跟这个沾边的。我想他会觉得这事儿多少有点不体面——"一到十岁的姑娘们 / 谨防英国人。"——或者至少有点可疑的感觉,居然有人自称"诗人"。

---

① 1957 年—1963 年,柯索、金斯堡、巴勒斯等人长住在巴黎左岸的宿心街(Rue Gît-le-Cœur)9 号一个低级旅馆,并以他们为核心组成了一个旅法美国文艺青年的圈子,此地后来被称为"垮掉旅馆"。

"我干了些什么？/ 一摊羊羔肉招着苍蝇。"

那些膝跳反射式的英国自由主义者，在柯索朗诵《炸弹》的时候扔鞋子①，他们永远也不会理解诗歌或者诗人，因为诗歌的真实跟政治或社会的真实是完全不相干的。

格雷戈里还有一种罕见的天赋：他有嗓子。你一想起格雷戈里就会听到他的声音。这未必就人见人爱的天赋，它成就了格雷戈里，因为这种声音很好。格雷戈里的声音要回响在一个不确定的未来。只要还有人能听，它就会被人听见。

也有些人说格雷戈里有人格上的严重缺陷。诗歌出自缺陷。完美无缺的诗人只适于做一个桂冠诗人，正式地死掉、非完美地防腐。而死的恶臭溢出来："大自然从来不会把 / 能力赐给戴了桂冠又还活着的人。"——（借 E. A. 罗宾逊②诗句）

我想格雷戈里会比桂冠更长久，因为"生"的味道总会溢出来的。

我翻读格雷戈里的诗集，在这里那里停下来：哈，没错儿，我记得你，还有你，和你……我们会在不同的地方停下来，但下面这些地方是每个人都不能

---

① 1958年，柯索在牛津大学新学院朗诵《炸弹》一诗，被核裁军运动团体围攻。
② E. A. 罗宾逊（Edwin Arlington Robinson，1869—1935），美国诗人。

错过的，它们让你明白什么叫作诗歌：

凶猛，射出金色的胡须
枪管在他们害风湿的手里生锈
不要打疣猪！
张贴怜悯的海报
在绝望的硬邦邦的电线杆上
一个小孩为他的太阳帽所注定
仙人掌也比你长寿
脏耳崽拿一把刀子瞄向我……
我灌得他浑身时光倒流
一只受宠的布娃娃
埋葬在阁楼，它永远地死了
来吧，握住我的电光手
欢笑在俏皮话之后死了
滑稽佬的咧嘴不再滑稽
他没有敌人他把他们都变成了"朋友"
有些朋友要做每个人的朋友
有些朋友总是要讨你欢心
有些总是要跟你"亲近"
那些没有朋友却想要的人是恶心的
那些有朋友却不想要的人是注定的
那些没有朋友却不想要的人是了不起的

难道人上了天堂还需要朋友吗
　　那只龌龊猫在一个小小的黑角落里哆嗦
　　整栋屋子都听见
　　就这样我把众神送掉了
　　还在想就是我对死亡所知的一切……

格雷戈里是一个赌徒。他忍受着背运，就像别人走运的时候一样。但他的活力和弹性一直在闪烁，发出一种高于人类的光：他的缪斯的不灭之光。

格雷戈里实在是一位老爹。

1989年3月

一件美的事物（序三）

戴维·阿姆兰 [1]

1956年认识格雷戈里·柯索的时候，我已经和杰克·凯鲁亚克一起在曼哈顿下城"自带酒水"的阁楼聚会上表演过几次，当时我还没听过他的朗诵，也不曾为了他的任何一首诗疯过。

艾伦·金斯堡，我是在1955年跟查尔斯·明格斯[2]一起演奏的时候认识他的，他对我谈起格雷戈里。"他是你不能不读的诗人，戴维，"艾伦告诉我，"我喜欢他的作品甚至超过我自己的。"我同样也还没读过艾伦的诗，但我钦佩他对格雷戈里的作品的热诚，正如我们大多数人到现在都还感激艾伦为帮助杰克·凯鲁亚克那些超时代的诗性散文体小说得以出版而付出的努力。

跟杰克一样，柯索在1950年代中期的爵士音乐家群落里如鱼得水。他敬重音乐和那些开创了自发的和娴熟的即兴演奏的音乐家，我们高飞在这个守旧社会的拘束之上，任它把我们这些人一概视为精神分裂症病例和期末考试的失败者。我们这些人与格雷戈里

---

[1] 戴维·阿姆兰（David Amram，1930— ），美国音乐家，早年在爵士乐界以圆号闻名，与垮掉派关系密切。
[2] 查尔斯·明格斯（Charles Mingus，1922—1979），美国爵士音乐家。

的共同点，是无限的精力，狂放的个人主义，以及对那些脑筋发达过头的知识分子哈哈大笑的本领，他们就知道让美国的艺术家们都像殡仪馆那样行事。

当我第一次听到格雷戈里的朗诵，然后开始读他的诗，有一些是他送给我的（他1957年签名送给我的"感恩节礼物"我将一直珍藏），我马上就找到了一个亲人。跟凯鲁亚克一样，格雷戈里在被大多数美国人忽视的日常生活中看到了美和诗性的侧面。日常谈话的小片断、窃窃私语的隐秘、背弃的诺言和他想象中高飞的鸟群，一切都激发着格雷戈里去创造一部具有独特光亮的著作。就像经典的爵士乐独奏那样清晰和纯净，不断地丰富着这个世界，并为我们这些身在1950年代艺术中的人提供了一个背景。

幸亏，格雷戈里把他的诗写下来了。就像爵士乐大师们录下来的那些即兴独奏，格雷戈里的诗经受了时间的检验。对今日的读者或听众来说，它们仍旧像当年它们第一次被创造出来的时候那样新鲜。作为一个表演者，格雷戈里是那么的狂暴，经常让观众忘了去关注他的诗歌。但跟凯鲁亚克一样，他从不追求聚光灯。他要人们去读他的作品。如果你和他在一间屋里独处，他还是一本让人着迷的好书。

1959年我们一起合作影片《采我雏菊》。在那几个星期，格雷戈里的鬼怪动作和脱口而出的俏皮话总是让整个剧组笑得不可收拾。

这是一部默片，以凯鲁亚克的脚本作解说词，我的音乐作背景。四十年过去了，格雷戈里扮演的那个疯狂的诗人狂想家仍旧引起共鸣。其实他根本用不着扮演。他只不过是服从他那个不可抑制的自我。

一年又一年，格雷戈里把独创的珍宝从他的生活经历中不断地挖出来。1965年，我在旧金山又碰上了格雷戈里、尼尔·卡萨迪、艾伦和彼得·奥洛夫斯基，当时我和诗人兰斯顿·休斯[①]合作的一部清唱剧正在旧金山歌剧院初演。

"我喜欢这部，"格雷戈里在音乐会后说，"兰斯顿的诗从你给它安排的和声、独唱和交响中体现出来了。真是一部漂亮的作品，哥们，不过得除开你那身白领结和燕尾服。你看上去像一个刚下班的门房或者要从棺材里跳出来的德拉库拉伯爵。"

70年代和80年代，格雷戈里在苦苦坚持；到90年代，凯鲁亚克作品中的青年形象激起了更多年轻人的兴趣，然后如同打开了一扇门，终于使格雷戈里和他的毕生创作被全新的一代人重新发现。就像费林格蒂、罗伯特·克里利、黛安·迪普里马、加里·斯奈德、鲍勃·考夫曼，以及我们时代的一大批诗人，

[①] 兰斯顿·休斯（Langston Hughes，1902—1967），美国诗人、戏剧家。

他从不认输,从不出卖,或忘掉他要表达什么、他是谁。

我们一直保持联系,分享那些对他表示钦佩和尊敬的消息,它们来自年轻的音乐家、诗人、画家、演员、舞蹈家,以及各种各样的喜爱他的作品并为其精神所感动的人。在我的音乐会后,他们经常叫我打电话给他,我总是很乐意。把人们的评价与他分享是一件开心的事。

在这个电脑、网络空间、高科技便宜货和快餐垃圾的世界,格雷戈里·柯索的诗歌在闪光。他拥有他自己的声音,并清晰和真切地鸣响。

正如他的同道诗人雪莱很久以前所说的,"一件美的事物是一份永恒的喜悦"。[1] 这本诗歌合集的出版是令人欢喜的。

1998年8月

---

[1] 出自济慈的《恩底弥翁》。

目录

选自《布拉特街的贞妇》（1955） _1
格林尼治村自杀案 _1
在停尸房 _2
海谣曲 _4
歌 _5
马儿出奶了 _7
给音乐家"老鸟"帕克的安魂曲 _9
阿什街别墅12号 _15
诺德林海难 _16
一个田园派虐待狂 _17
圣路加教堂，托马斯追悼会 _18
坎布里奇，第一印象 _20

选自《汽油》（1958） _24
在时间的飞掠的手中 _24
孟菲斯健忘症 _26
墨西哥印象 _27
太阳 _29
查普特佩克动物园的美洲狮 _31
波提切利的《春》 _32
乌切罗 _34

在一个乏味的配套单间的墙上 _36

意大利狂想曲 _37

重访出生地 _38

最后一个匪徒 _39

但我不需要仁慈 _40

不要打疣猪 _43

我二十五岁 _45

诗三首 _46

哈啰 _47

疯牦牛 _48

这就是我的一餐 _49

致迈尔斯 _50

布娃娃的诗 _51

昨夜我开了辆车 _52

之之的哀告 _53

选自《祝死亡生日快乐》(1960) _54

黑灯后的笔记 _54

我曾多么幸福 _56

漩涡 _59

头发 _60

仙人果服后 _65

变形 & 逃逸 _66

我捧着一份雪莱手稿 _70

在新桥 _71

诗人们在公路上搭便车 _72

结婚 _74

炸弹 _81

她并不知道他以为自己是上帝 _91

梦遇棒球明星 _92

大海龟 _94

梦中领悟 _95

克里特岛的妄想狂 _96

小丑 _98

圣心咖啡馆 _114

终生苦刑 _116

从另一个房间 _117

力量 _118

军队 _128

1959 _135

选自《人万岁》（1962） _138

人 _138

亲爱的姑娘 _141

当我发现他是一个无名的坟 _142

在一列德国火车上 _143

在欧洲的感想——1959 _144

两个季度的爱 _146

朋友 _148

万圣节前夜 _150

群星 _151

种子的旅行 _152

补救措施 _153

动物园的差异 _154

希腊作品选 _156

忙碌的夜 _159

声音的赛跑 _160

作于波多黎各人街区的台阶上 _161

他们 _163

致—— _164

危险 _165

阔别三年后的纽约第二夜 _166

作于三十二岁生日前夜 _167

选自《悲情亚美利加》（1970） _170

悲情亚美利加 _170

致亚美利加印第安人的自发安魂曲 _184

作于1963年11月22日至23日的诗行 _194

美国方式 _201

一个月来读英国报纸有感 _212

美国政治史，自发诗 _214

上帝也会打飞机 _220

颂赞老英格兰及其语言 _222

选自《本土精神的信使》（1981） _225
哥伦比亚大学朗诵会——1975 _225

日出 _235

日落 _237

我碰见这死去的哥们 _238

最初的记忆 _239

那孩子看到什么 _241

智慧 _242

致荷马 _243

致米兰达 _246

漏气救生艇上的小伙子们 _247

怎样不死 _250

表里歌 _252

幼年宗教体验 _253

亲爱的维庸 _256

近 _258

很多已经降临 _259

巴尔的摩不再来过 _260

小的时候 _263
达到诗歌 _264
呵……唔 _267
灵魂 _269
我送掉了…… _270
银河诞生 _271
尼安德特人颂 _273
像一捆捆木材 _274
宿命 _277
全都乱套了……几乎 _279
当我们全都…… _281
点金术 _283
我觉得老了 _284
致丽莎，之二 _289
给小儿的一个指南 _290

未刊稿和近作 _291
伦勃朗——自画像 _291
艾米莉·狄金森，你的苦恼是—— _292
某日…… _294
棋子的罪行 _295
一张床的哀告 _297
伦敦动物园的指路牌 _298

圣特洛佩兹，清晨　_299

柏林动物园　_300

弗梅尔　_301

诗三章　_302

反思　_303

无法履行的使命　_304

苹果　_305

三十岁的梦　_306

质疑真理　_308

质疑谎言　_310

窗　_312

嘿　_316

给三个人的情诗——给凯伊和我　_319

记硬脑袋（Testa Dura）　_322

火场报告——不是警报　_324

诗人对镜中的自己说　_326

战地报告　_329

选自《布拉特街的贞妇》①（1955）

格林尼治村自杀案

胳膊伸出去
两手撑着窗沿
她往下看
想着巴托克、凡·高②
和《纽约客》的卡通
她跳了

人们弄走她用一张《今日新闻》盖住她的脸
然后一个店家在人行道上泼了热水

---

① 布拉特（Brattle）街，美国坎布里奇市的一条历史文化老街，靠近哈佛大学。得名于当地士绅托马斯·布拉特（Thomas Brattle，1658—1713），他反对严苛的清教传统，倡导宗教改革，撰文抨击塞勒姆（Salem）女巫案，还设计或监造了一批新式教学楼、礼拜堂，对美国学院建筑和宗教建筑影响很大。爱默生曾嘲笑新英格兰的保守、陈腐是"布拉特街和哈佛学院的神一论（Unitarianism）的冷硬尸体"（JMN 9：381）。
② 巴托克（Bela Bartok，1881—1945），匈牙利音乐家，二战时流亡纽约，在贫病中去世。

在停尸房
记梦

我记得在报上见过他们的照片；
光着身子，他们显得更强壮。
我肚里的子弹证明我已经死了。
我看着入殓师拧开玻璃盖子。
他给我做完检查然后朝我转眼就死去的生命笑了笑
接着他转身去弄我对面的那两具尸体
继续拧盖子。

当你死了你就不能说话
但你仍觉得你还能。
看着我对面那两个匪徒使劲想说话的样子真好玩。
他们咧开薄薄的嘴唇露出灰蓝色的牙；

防腐工又回到我这边，还在笑着。
他把我拎起来，就像妈妈对孩子那样，
让我竖着靠在一把摇椅上。
他推一推我就摇啊摇。
成了死人没什么特别的。
我还能感到子弹穿过的地方在痛。

天哪！从这个角度看那两个匪徒真是太奇怪了！
他们跟登在报上的样子根本不一样。
在这里他们年轻、干净，刮过脸，还有一副好身材。

海谣曲 ①

我妈妈讨厌海
尤其是我的海
我警告她别这样
我只能做到这一步
两年后
海吃了她
在岸边我发现一种奇怪
又好看的食物
我问海我能吃它吗
海说可以的
——噢,海啊,这是什么鱼
那么鲜嫩那么香甜?
——是你妈的脚

---

① 据说,这是柯索 16 岁时写的第一首诗。他是弃儿,从没见过已远走意大利的亲生母亲。

歌

喔呀！喔哦！喔哟！
我娶了一头猪的女儿！
我娶了一头猪的女儿！

   为什么！为什么！为什么！

那天夜里我遇见她
在星空下在月光里！
那天夜里她吻了我
然后嫁给我在她猪栏里！
喔呀！喔哦！喔哟！
我娶了一头猪的女儿！
我娶了一头猪的女儿！

   为什么！为什么！为什么！

因为我觉得我义不容辞！
因为我就是那个教导她
怎样去爱怎样去死的人！
到明天就不用悲哀了
不用，不用悲哀了

我会把她送去屠宰场!
我会把她送去屠宰场!

 为什么!为什么!为什么!

马儿出奶了 ①

屋里有把汤匙搁在火上
烹煮着他秘密的欲望,

刚烧好他就拿出胶带
在马儿熔掉之前可得赶快。

他把带子在胳膊扎紧;
擦擦针头才不会有细菌

再勒勒胶带好露出血管。
轻轻一推,胳膊有点痉挛。

另一只手稳定着等待潮涌——
等待一场让他沉迷的幻梦。

来了来了,针尖里满满的劲头。
但马儿出奶了,没有一点劲头。

他瘫在地上一声不吭,

---

① 1951年,柯索见到一个重度吸毒者垂死挣扎,让他印象深刻。马(horse)指海洛因之类。

像旋转木马抱着脑袋打滚。

然后他揉揉、甩甩、揪揪头发,
呕着空气,除了空气再也没啥。

他深更半夜一边打滚一边呻吟。
哦,从没见过这样上瘾的可怜人。

心智场_9

给音乐家"老鸟"帕克的安魂曲 ①

本预言从邮局寄至:
在对鸟类的最后谋杀中
一只没地儿鸟将存活
但它将不会嚎 ②
并且这只没地儿鸟将成为一只迟缓的鸟
一只漫长又漫长的鸟

在某个地方有个房间
在房间里
有一把旧萨克管
　　搁在一个角落
就像一小把稻米
等待着**老鸟**

第一声部

嘿,哥们,**老鸟**死了
有人把他的萨克管锁在某个地方

---

① 查理·帕克(Charlie Parker, 1920—1955),绰号"老鸟",美国爵士音乐家,以萨克斯闻名,1955 年 3 月 12 日病逝于纽约,年仅 34 岁。
② 嚎(wail),一般指痛哭、哀悼,爵士乐行话指很投入地纵情高声演奏,非常棒的表演。

把他的萨克管塞进一个角落
你说那把萨克管在哪儿,哥们,在哪儿呢?

第二声部

去你妈的萨克管
到底**老鸟**在哪儿?

第三声部

去了
老鸟去得比声音还远
用萨克管的低鸣冲破了音障
老鸟去得比月亮还高
老鸟盘旋在楼顶,也会
像一个怪异修士他丢开
手里的萨克管,高高在上
用一双半眯的怪异眼睛
低头看着那些人群
对他自己说:"耶,耶"
就像无意味着彻底的无

第四声部

一夜烂醉之前
他在阁楼台子上独奏

老鸟的黑手里捧着一朵黑花
他把萨克管朝天上吹
把天空变成梦幻!半道
又换成累死人的技法
老鸟奏出一串变化多端的小绝招
一只紧张兮兮的节奏老鼠
连星星都不知道该干什么了
这时来了一只没地儿鸟

第三声部

耶,一只没地儿鸟——
在**老鸟**正吹着的时候
来了另一只鸟
一只不真实的鸟
大翅膀耷拉的没地儿鸟
老鸟没理会它;继续吹着
这只糖球鸟更来劲儿了 ①

第一声部

对呀,我听说的就是这样

---

① 糖球(cornball),一般指土老帽、傻气,爵士乐行话指叫人腻味的平庸、过时、滥情、艳俗、热闹,但是还自以为了不起。

夯拉鸟落在**老鸟**面前
直瞪着**老鸟**的眼睛
老鸟说:"凉一凉吧"①
然后继续吹

第二声部

看来**老鸟**要把这只方块鸟放倒了 ②

第一声部

不过才一小会儿,哥们

没地儿鸟就开始口吐白沫
搞起各种各样的噪声
"哥们,上别处搞去吧",**老鸟**哀求
但没地儿鸟还在那儿走来走去
像一个揣着没地儿图谋的老糖球

第三声部

耶,现在**老鸟**明白了这个冒牌货

就是来瞎折腾的

---

① 凉(cool),爵士乐行话指从容克制、舒缓细腻、与"热闹"相对立的风格,盛兴于1950年代,老鸟帕克是其中的代表者。
② 方块(square),即正统、古板、保守、不上道、不入流等意思。

老鸟正要开溜,突然间

没地儿鸟把圆溜溜的小脑瓜

塞进**老鸟**的萨克管筒子

老鸟眼珠暴突,吹出一个长长的狂音①

第一声部

这是他的终曲,哥们,终曲

夺拉鸟把死亡灌进了**老鸟**的喉咙

整幢房子都在轰隆

当**老鸟**撂下他的萨克管

天更黑了……更黑了

没地儿鸟用它脏兮兮的翅膀裹紧**老鸟**

把**老鸟**放倒了

彻底放倒了

第四声部

老鸟死了

老鸟死了

---

① 狂(crazy),爵士乐行话指非常好、绝佳。

          第一、二、三声部
耶，耶

            第四声部
给**老鸟**嚎一段吧
因为**老鸟**死了

          第一、二、三声部
耶，耶

阿什街别墅 12 号 ①

那栋房子是漂亮东西的幽灵
好比一只孤鸟的独居 ②
一个天生可怜虫在抱窝
那里有个老头总是坐在烛火旁
我能看见他的手在动
滴滴答答的颜色,一层迭一层
就像从一本书里掉出被压平的花朵
有一天我走过他的窗前
靠近去看了他一眼
……他肯定已经有一百岁了
我问他明天会不会下雨
他说:不——然后滴了一块紫颜色在我手上
赶快走开
我告诉他我觉得他这样做是不好的
……因为那滴颜色滚烫

---

① 阿什街别墅(Ash St. Place),哈佛大学附近的老住宅区,与布拉特街相邻。柯索初到坎布里奇时,受女诗人邦尼·朗的安排,曾在此地居住。
② 独居(solitaire),这里指不会飞的罗岛渡渡鸟(Pezophaps solitaria),18世纪末灭绝。

诺德林海难

一天夜里五十个人游离上帝
就淹死了
早晨,那个被抛弃的上帝
用他的手蘸进大海
带起五十个灵魂
然后指向永生

一个田园派虐待狂

老麦克唐纳穿着老泥头鞋 ①
走过开满丁香和蒲公英的田地
这个纳粹党徒,像克利咿呀叽喳机,他一路踩脚: ②
这里踩瘪一株丁香,那里踩瘪一株蒲公英,
这里,那里,满地里(他一点同情心都没有)
踩呀踩这里又踩呀踩那里
踩得满地里……

好不容易等他停了下来
脱掉鞋子;上床……
啊,那是老麦克唐纳的辉煌年代。
对绿油油的血和泥壳壳的皮子他最拿手了。
他养成了一个习惯把鼻子凑着脚丫睡觉
这样他整夜都可以在那种黏黏的味道里打呼噜
那是被谋杀的丁香和蒲公英。
这就是这个老杂种干得最漂亮的一招。

---

① 出自传统儿歌《老麦克唐纳有个农场》(*Old MacDonald Had a Farm*)。
② 瑞士画家保罗·克利(Paul Klee,1879—1940)的名作《咿呀叽喳机》(*Twittering Machine*,1922)被纳粹斥为"堕落艺术",后转卖到纽约现代美术馆。

圣路加教堂,托马斯追悼会 ①

白马酒馆老板 ②
神经兮兮地靠着彩花玻璃窗;
他换了换脚,给卡明斯哀伤地走过。

一个观光客向一只观光的耳朵嘀咕。
接着一个斯旺西女人进来了……③

两个霓虹村村民搀着她;
让她在第一排坐下。
她抬头,张望
……尸体不在这里。

追悼会在无边无际的耳语中结束。

一个锡兰王子首先离开。
他在教堂门外等着

---

① 英国诗人迪伦·托马斯(Dylan Thomas)1953 年 11 月 9 日病逝于纽约,享年 39 岁,11 月 13 日在格林尼治村的圣路加教堂举行了追悼会。
② 格林尼治村的白马酒馆(White Horse Tavern)是迪伦·托马斯在纽约时经常光顾的地方。酗酒无度是他的死因之一。
③ 斯旺西(Swansea),英国威尔士南部港市,迪伦·托马斯的故乡。他的妻子凯特琳(Caitlin)也是个酒鬼,在迪伦弥留期间,凯特琳曾大闹病房,后被扭送精神病院。

然后一小群人聚拢过来,说闲话。

街对面的孩子们
在玩躲避球。
那球滚到酒馆老板面前;
他狠狠把它踢开
然后大步走回他的酒馆。

坎布里奇,第一印象

1

真是不好走啊
   坎布里奇的街道
高级地毯让人难以下脚。

但我戴上假面偷偷混进游行队伍
我的脚步才轻松了一点。
一路有人夹道欢呼真是棒极了!

但我的谎言令步法笨拙。
跟不上调子,我的身份就暴露了。
灰腿子哨兵们
   在坎布里奇每一个街口
    直板板地立正;
他们的军号声扰乱了
   我边走边听的节奏。

2

但坎布里奇不光有旗号和威仪,
在路两旁
   我看到了节奏使团——

布拉特街及其全副装备——
丢开他们的刚硬主题
抛弃他们的强势行军
卷起地毯，
　　　　回家。

回家吧，街道是不自然的。
走着走着，我在一场少有的大狂欢中抓到了坎布里奇：——
　　　　维瓦尔第，盖茨，巴赫，迪西，①
　　　　在一个旋律中全部容纳，
　　　　浮现，像互相缠绕的烟缕，
　　　　飘出一个个客厅和地窖，
跳过朗费罗的栗树林；
冲过霍桑，
荡过洛厄尔，
然后真正疯狂地飞越达纳。②

----

① 盖茨（Getz），即美国爵士音乐家盖耶茨斯基（Stanley Gayetzsky, 1927—1991），以萨克斯闻名。迪西（Dizzy），即美国爵士音乐家吉列斯匹（John Birks Gillespie, 1917—1993），以小号闻名。
② 朗费罗（Henry Wadsworth Longfellow, 1807—1882）、洛厄尔（James Russell Lowell, 1819—1891）、达纳（Richard Henry Dana Jr., 1815—1882），他们都是与坎布里奇和哈佛大学有关的19世纪美国文学家，朗费罗和洛厄尔是哈佛教授，洛厄尔和达纳出身于当地名门望族。

3

早上,实在是太难走了。

哨兵们又再次驻防;

  他们的军号嘀嗒乱响

  街道上清空了那些欢闹的夜耗子,

并迅速将高级地毯铺好。

4

有个王八蛋骗我说梅尔维尔①

  很多次都是走着走着就灵光一闪,

  就在大清早,

  从地毯和游行队中跳出来,就在布拉特街。

这些天我走过很多次布拉特街了,

  但没有一次能从黑暗中抓住

  一丝亮光。

他说:继续走,老弟,走走那条疯狂的革命之路,②

  老布拉特街;

你总有一天能搞到最大条的灵感;

---

① 梅尔维尔(Herman Melvill,1819—1891)生平与坎布里奇无关,他经常走的是波士顿的布拉特大街。
② 在美国独立革命时期,布拉特街一带原是保皇派贵胄豪强的聚居区,后多被革命军没收房产,乔治·华盛顿曾在此设立行营公馆。

老弟,就像梅尔维尔在布拉特街抓住了《大白鲸》!
正好就在这条街中央!

5

厌倦了走来走去,
厌倦了什么也看不到,
我从一扇窗户向外望去,
   这里的某个好心人
   任我去随便看。

从窗户看去坎布里奇也还不错的。
突然我强烈地感觉到
   从一扇窗户
我能够通向书籍通向啤酒罐子通向逝去的爱。
并从这些收集到足够的梦
   然后溜出后门。

选自《汽油》(1958)

在时间的飞掠的手中

在那座明亮疯人院的台阶上
我听见长胡须的钟声摇落树草
我的世界的最后丧钟
我登上去然后进入骑士们的热烈集会
他们没注意到我的存在于是铺开羊皮案卷
戴盔甲的手指追溯着我的到来
返回返回返回当我站在尼禄王七弦琴罗马的黑色台阶
我的怀中是哀嚎的哲人
疯狂历史的最后召唤
现在我的存在已知了
我的到来为清楚的污渍所标明
天堂的巨窗打开了
直至发光的尘埃压垮帘障重重的往昔
在色彩缤纷的群鸟的飞行队里
光扑翅的光哦那光的奇景
时间用手抓住我
生于1930年3月26日我以时速一百英里掠过辽阔的选择市场
　　要选什么？要选什么？

哦——我离开了我的神话的橘色房间
没有机会去锁好我的宙斯的玩具
我选择了布里克街的房间
一个婴儿的妈妈把苍白的米兰人乳房塞进我嘴里
我吸我挣我哭哦奥林匹斯之母啊
这乳房于我是不相识的
下雪了
十年的冰封柏油路命中注定的马儿们
虚垮的梦　P.S.42 的漆黑通道　屋顶　鼠嗓的鸽子
时速一百英里掠过所有这些太过真实的黑手党的街道
在亵渎中我蜕落了我的赫耳墨斯之翼
哦时间仁慈些吧
把我投在你的人性车队的轮下
把我甩给高耸的灰色大楼吃掉
把我的心耗尽在你的一座座桥梁
我垫出了我这把俄耳甫斯式徒劳的七弦琴

因为这种的背叛我登上了这些闪亮的疯狂台阶
然后进入这个天堂般光明的屋子
转瞬即逝
时间
一条长长长长的狗追逐着它轨道的尾巴
来吧扼紧我的手
领我进入有条件的生命

孟菲斯健忘症 ①

我是谁,摊开在伊希斯的影下, ②
这具泥肉之身,供孟菲斯的
大夫们细细研究?
我的导航针难道总是
要走向鳄鱼的背?
当我在尼罗河给弄得七窍生烟
是否还记得木乃伊上裹尸布的螺纹?
哦生命报废!泡满防腐剂,我捶打烂泥!
我是谁;我是谁,我不能再复原,
再给我的生命重新搽洗神效的灵鹮油—— ③
还有——稀拉拉的圣甲虫之兆! ④
是命运领我进入幽蓝香薰的卧房!
除了用鸵鸟毛装饰我脊梁骨的装饰工
就没有其他更有价值的预言吗?

再不用管斯芬克司这个痴痴胚子
不用听低三下四的预言家们讲述预言——

---

① 孟菲斯(Memphis),埃及尼罗河畔古城,曾为王朝中心;另外美国也有同名城市孟菲斯。
② 伊希斯(Isis),古埃及的生殖女神,手臂是长长的翅膀。
③ 灵鹮(Ibis),古埃及神鸟,智慧神托特(Thoth)的象征。
④ 圣甲虫(Scarab),特指甲虫型的小雕像或宝石,古埃及吉祥物,喻再生、来世。

墨西哥印象

1

透过移动的车窗
我晃眼看见一头驴
　　　　一块百事可乐牌子，
一个老印第安人在茅屋前坐着笑着
　　　　露出没牙的嘴

2

瓜伊马斯路旁，①
一部新崭崭的福特皮卡
装满忧郁的劳工；
司机座上，一个小孩
——为他的太阳帽所注定。

3

风车，木框发白，没有扇叶，在墨西哥一动不动——
鸟样的不协调的风车，像一架损坏的起重机，
单腿，死板，任性，睁着一只警惕的大眼，
你怎么出现在这种地方——那么孤单，陌生，无助，

---

① 瓜伊马斯（Guaymas），墨西哥西南部城市名。

在这种没有风的地方?
靠破落的框架默默忍受过活,你难道满意
　　　　这个干巴巴的没有风的修道院?
软一点吧,仙人掌也比你长寿。

　　　　　4
我告诉你吧,墨西哥——
我想起一里又一里路上头尾完整的死马——
纯种马和劣马,蹬着腿咧着嘴
硬邦邦仰头躺倒在路旁。
哦,墨西哥,是那条硬腿,那口龅牙,
毁了我梦中策马驰行的噩梦。

　　　　　5
在墨西哥动物园
　　他们展览普通的
美国奶牛。

太阳

自动诗

太阳催眠术！神圣球体漫长而稳定地伸延！火红的高脚杯！白日胡话！

太阳，太阳织就热能！热带高脚杯干了！蜘蛛渴了！太阳脱水了！

太阳痛苦太阳愤怒太阳病了太阳死了太阳腐烂太阳遗骸！

太阳在非洲的天空上降低，歪斜，倾倒，快流干了，空瓶子，太阳骨，太阳石，铁太阳，太阳晷。

太阳电力驱动的恐龙灭绝变成化石，胡话连篇！

太阳，季节的季节，捕捉真实的太阳鱼，在绿色海滨晒太阳浴就像一种疯狂。

太阳性本能地狱般超级现实的团块状瘴毒浓烈的愤怒！

太阳，太阳西下状态在沙漠中生命令人震惊，下沉！

太阳马戏团！满帐篷的赫利翁、阿波罗、拉、索尔、太阳，欢腾！[1]

---

[1] 赫利翁（helion，一般作 Helios 赫利俄斯），古希腊神话中驾日车巡天的太阳神；阿波罗（Apollo），古希腊神话中的光明之神，司智慧、预言、文艺等，后与太阳神混同；拉（rha，一般作 Ra），古埃及神话中的太阳神，生命的创造者；索尔（Sol），古罗马神话中的太阳神、不可战胜者。

这太阳像一艘燃烧的船只没入了特利斐基湖。

这太阳像一个燃烧的果冻碟子在特利斐基山脉上滑行。

这太阳领着夜又跟着夜又领着夜。

这太阳可以用马车运载。

这太阳像一根燃烧的棒棒糖可以吮吸。

这太阳的形状像一只勾起来唤人的手指。

这太阳转着走着舞着跳着跑着。

这太阳偏爱棕榈柑橘患结核的肺

这太阳每次升起都要吃掉特利斐基湖和山脉。

这太阳不知道它该喜欢或不喜欢什么。

这太阳我全部的生命没入了特利斐基湖。

哦恒定的洞在此之上是真正的拜占庭。

查普特佩克动物园的美洲狮

修长舒缓顺滑松软的迅捷的猫　①
当他们拉上最后一道幕布
　　　　你会按何种曲谱谁的步法起舞?
能不能把那笨拙的仪态在此
　　　　保留,就这样,在这个 9 × 10 的舞台?
他们会不会给你另一个机会
　　　　让你有可能在群山舞蹈?
你看上去多么忧伤;看着你
　　　　我想象乌兰诺娃 ②
　　　　被关在某个带家具出租的单间
　　　　在纽约,东 17 街
　　　　波多黎各街区。

---

① 查普特佩克(Chapultepec),在墨西哥城。
② 乌兰诺娃(Galina Ulanova,1910—1998),苏联著名芭蕾舞蹈家。

波提切利的《春》

没有春天的信号!
佛罗伦萨的哨兵们
   在冰封的钟塔
守望一个信号——
   洛伦佐梦见苏醒的蓝知更鸟 ①
   亚里奥斯托咂巴着大拇指。②
   米开朗基罗脸朝前坐在床上
   ……醒来时发现没有什么新的变化。
   但丁又拉上他的丝绒斗篷,
   他的双目深陷而忧伤。
   他的大丹麦狗流泪了。
没有春天的信号!
   里奥纳多踱遍了他难以忍受的房间 ③
   ……一只傲慢的眼紧盯着死沉沉的雪地。
   拉斐尔迈入温暖的浴缸
   ……他丝绸般的长发稀疏了
   只因缺少阳光。

---

① 洛伦佐·美第奇(Lorenzo de' Medici, 1449—1492),佛罗伦萨的统治者、艺术赞助人。
② 亚里奥斯托(Lodovico Ariosto, 1474—1533),意大利作家。
③ 里奥纳多(Leonardo),一般指达·芬奇。

　　　　亚雷蒂诺思念着米兰的春天;他的妈妈,[①]
　　　　此刻,在甜美的米兰的山岗,安睡。
没有春天的信号!没有信号!
啊,波提切利敞开了画室的门。

[①] 亚雷蒂诺(Pietro Aretino,1492—1556),意大利作家。

乌切罗 ①

　　　　他们绝对不会死在那个战场
也不在群狼的影下招募他们的宝藏就像新娘子
　　拾起所有范围内的小麦　　在那里等待着耗尽战役的终结
　　　　那里不会有死者收紧他们松开的肚皮
没有一大堆硬挺的马去红红地撞碎它们明亮的眼睛
　　　　或助长它们死后的食料
　　　　它们宁肯嚼着疯狂的舌头默默捱饿
也不相信在那个战场上没有人会死。

　　　　他们绝对不会死他们战斗如此熟练
呼吸碰着呼吸　　眼认得眼　　不可能会死
或移动　　没有光渗入　　没有持狼牙棒的手
什么都没有除了马让马气喘吁吁　　盾在盾之上
闪耀　　一切尽在头盔的网状眼孔中变得星星点点
啊　　在那些密织的长枪和那些旌旗之间
　　实在太难倒下了！怒气甚至冲上徽章横过它对天空的抹除
　　　　你会以为他应把他的军队画在最冰冷的河上

---

① 乌切罗（Paolo Uccello，1397—1475），意大利佛罗伦萨画家，诗中指他的名作《圣罗曼诺之战》。

让一列列钢铁头颅在黑暗中闪现
　　　　你会以为不可能有任何人会死
每一个战斗者的嘴都是一座歌的城堡
每一块铁都握着一个梦想的铜锣　双节棍敲响双节棍
　　　　　　　　　就像黄金的叫喊
我竟在梦中加入这场战役！
一个银色的人骑着黑色战马举着红色军旗和彩条的
　　　长枪　绝不会死只会成为无穷
　　　　一个图像战争中的金色的王子

在一个乏味的配套单间的墙上

我挂上了童年女友们的旧照片——
我带着破碎的心坐下来,肘撑着桌子,
下巴支着手,研究
   海伦的骄傲的眼睛,
   苏珊的金色头发,
   简妮的薄嘴唇。

意大利狂想曲

伦巴第太太刚满月的儿子死了。
我在利佐殡仪馆见到他。
一颗小小的发紫的皱巴巴脑袋。

人们刚给他做完了大弥撒。
人们正往外走
……哇,那么小的棺材!
要十辆黑色卡迪拉克来拖。

重访出生地

我站在漆黑街的漆黑光里
打量我家窗户，我的出生地。
灯开着；其他的人在走动。
我穿了雨衣；嘴叼烟，
帽遮眼，手搭枪。
我横过大街进入那幢屋子。
垃圾桶还在发臭。
我走上楼梯；脏耳崽
拿刀子瞄向我……
我灌得他浑身时间倒流。

最后一个匪徒

候在窗前
我脚下尽是芝加哥私酒贩的尸首
我是最后一个匪徒,安全了,总算,
候到一个防弹玻璃的窗前。

我往大街上一看发现
两个圣路易斯来的雷手。
我已察觉他们渐渐衰老
……枪管在他们害风湿的手里生锈。

但我不需要仁慈

1

我曾见识那些陌生的仁慈的护士们,
我曾看见她们亲吻病人,照料老人,
送糖果给疯子!
我曾观察她们,整夜里,黑暗而忧伤,
在海边滚着轮椅!
我曾见识那些仁慈的胖主教们,
一个灰白头发的小老太太,
一个教区牧师,
一个著名诗人,
一个妈妈,
我曾见识他们全部!
我曾观察他们,在夜里,黑暗而忧伤,
张贴怜悯的海报
   在绝望的硬邦邦的电线杆上。

2

我曾见识仁慈的全能的圣母!
我曾坐在它纯洁白皙的脚旁,

赢得它的信赖!
我们从不谈不仁慈的事,
但一天夜里我被那些陌生的护士折磨,
那些胖主教们
小老太太驾着一部钉鞋车碾过我头顶!
牧师切开我的胃,把手伸进我肚里,
喊道:——你的灵魂在哪儿?你的灵魂在哪儿!——
著名诗人把我拎起来
再把我扔出窗外!
妈妈抛弃我!
我跑到仁慈那里,闯进他的寝室,
然后亵渎!
用一把无法形容的刀子我给它一千个伤疤,
然后给它们泼上污秽!
我把它扛起来,在背上,像一个盗尸犯!
走下铺着卵石的黑夜!
狗乱叫!猫乱逃!所有的窗户都关上!
我背着他上了十层楼梯!
把它放在我的小房间的地板上,
然后跪在他身旁,我哭了。我哭了。

3

但什么是仁慈?我杀了仁慈,

但它究竟是什么?
你是仁慈的因为你过着仁慈的生活。
圣方济各是仁慈的。
房东是仁慈的。
手杖是仁慈的。
但我可以说人们,坐在公园里的,是仁慈的吗?

不要打疣猪

一个孩子走近我
树梢上摇荡着一片大海。
他告诉我他姐姐死了,
我扒下他的裤衩
给他一脚踢。
我把他赶出大街
赶出我这一代人的夜晚
我狂吼他的名字,他该死的名字,
沿着我这一代人的大街
孩子们对这个名字都乐坏了
一路跑过来。
妈妈爸爸们都扭头来听:
我狂吼这个名字。

这个孩子哆嗦着,摔倒,
又踉跄爬起来,
我狂吼他的名字!
然后一群愤怒的妈妈爸爸
把牙齿咬进他的脑壳。
我召唤我这一代人的天使们
在楼顶上,在小巷里,

在垃圾和石头底下，
我狂吼这个名字！然后他们都来了
嚼碎这个孩子的骨头。
我狂吼他的名字：美
美　美　美

我二十五岁

怀着一种爱一种疯狂献给雪莱
查特顿①　兰波
我的青春的饿嚎
　　　　　已传遍一只又一只耳朵：
我讨厌老诗歌匠！
特别是有些老诗歌匠他们萎缩
他们参考其他老诗歌匠
他们嘀嘀咕咕谈论他们的青春,
说：——我做过一些嗯
　　　　但那是嗯
　　　　那是嗯
哦我应该安慰老人
对他们说：——我是你的朋友
　　　　是你曾经拥有的,通过我
　　　　你将再度拥有——
然后到了晚上在他们家里赢得信任
撕掉他们抱歉的嘴脸
　　　　偷他们的诗。

---

① 查特顿(Thomas Chatterton, 1752—1770),英国浪漫派诗人,早夭的天才。

诗三首

1

街头歌手病了

蜷在门道上,捂着他的心。

喧哗的夜里一首次要的歌。

2

在围墙外边

老园丁在种植他的剪刀

一个新来的年轻人

已经快要铰断了树篱。

3

死神掉泪因为死神也是人

一个孩子死掉的时候他在电影院里打发了一整天。

哈啰

做一只受伤的鹿真是太惨了。
我就是伤得最重的那只,狼群逼近,
我也同样有我的失败。
我的肉体被陷进那不可逃避的圈套!
小时候我见过很多我不想成为的东西。
我是那个我不想成为的人吗?
那个自说自话的人?
那个给邻居们逗乐的人?
我是他吗,在博物馆台阶上,那个睡在他身边的人?
我穿的是一个失败者的衣服吗?
我是个神经病吗?
在万物的宏美夜曲中,
   我是最该删掉的小节吗?

疯牦牛

我在观看他们搅拌我最后的奶,
  他们已把我榨取干净。
他们在等着我死掉;
他们要用我的骨头来做扣子。
我的姐妹和兄弟在哪儿?
那个大和尚,正给我舅舅装货,
  他有一顶新帽子。
他有个傻瓜学生——
  我以前从没见过他那条围巾。
可怜的舅舅,他被他们压垮了。
他多么忧伤,多么疲惫!
我想知道他们会怎样利用他的骨头?
还有那条漂亮的尾巴!
他们要用它做多少根鞋带啊!

这就是我的一餐

在豌豆里我看见颠倒的字母"和尚"
在一旁,葡萄酒的注视中
我看见橄榄 & 黑头发
　　　　我决定日落时用餐

我切开牛脑就看见了圣诞节
和我的生日手拉着手在雪地奔跑
我切得更深
　　　　圣诞节就血淌到碟子边上

我递给我爸
　　　　他就吃掉我的生日
我喝了我的牛奶就看见树林超过树林
　　　　河谷高出河谷
　　　　没有一座山能找到一动不动的机会

后娘的细长手里端来甜点
我要从我嘴里吐出救火车了!
但只运送月光,抓梅干。

致迈尔斯 ①

你的声音是无瑕的
   纯净 & 圆润
    圣洁
   几乎深不可测

你的声音就是你的声音
   真实 & 发自内心
   一种忏悔
   深切 & 可爱

一个将声音奏出的诗人
   不管飘散了还是录下来
   都被听见
   你是否还记得54年的一个夜晚在大开门 ②
   当时你和老鸟
   嚎到早上五点那些奇妙
   但又难以想象的乐谱?

---

① 迈尔斯·戴维斯(Miles Davis,1926—1991),爵士音乐家,以小号闻名。
② 大开门(Open Door Club),纽约一酒吧,其时聚集了一批爵士乐高手。

布娃娃的诗

一只受宠的布娃娃
明白一个孩子离别时的痛苦。
埋葬在摇床在阁楼它永远地死了。
糖果样的颜色褪去
大短裤领我们去到别的地方
而孩子的手生出了毛发。
嚼烂的铅笔,别针,我们兜里的硬币
它们在哪里?
孩子的身体更长了
跟土地一样长
每一个身体都踩上他,有些还坐着轮椅,
长长的疯狂的嫉妒之旅。
苏打水和无花果馅饼将喷发出口了。

昨夜我开了辆车
　　记梦

昨夜我开了辆车
　　　　不懂怎么开车
　　　　也没有车
我开了并撞倒了
　　　　我所爱的人
　　　　……时速一百二十穿过一个小镇。

我停在赫奇威尔
　　　　然后睡在后座
　　　　……陶醉于我的新生活。

之之的哀告

我迷上笑症了,如果我得这种病
我就能得到无数的好处——
我就戴了苏丹的璀璨王冠,
披了布朵丁兄弟的豪华哈丽瓦,
吻了亚丁老鸨的能歌善舞的法蒂玛,
写了哈卡利巴咖啡馆的辉煌赞歌,
但我从没得过笑症,
能得什么好处呢?

那个胖老板卖给我鸦片,快福,海吸吸,还有骆驼浆,
全都不中用——
哦痛苦难挨的黑夜!你又来了!难道我还能
鼓起毫不可笑的自我
用睡眠来应付这颗忧郁的脑袋吗?
如果没有笑症我就一无所有。

我爸爸得过,我爷爷得过;
我的菲兹叔叔肯定也会得的,但是我,我
是最应该得这个好处的,
我到底会不会得呢?

选自《祝死亡生日快乐》(1960)

黑灯后的笔记

无腿世界夫人,我已经
　　　　拒绝超过自动消失的限度
我正躺在一个瘦子的床上知道我的双腿
　　　　在冷冽的空气中还与我相伴
无用和并非无用这意味着
一切皆可辩答我不需要知道答案
诗歌是寻求答案
欢乐是知道哪里有答案
死亡是知道了答案
(启蒙运动的肚皮上昏暗的光
　　　　是死人在喷泻他们的答案)

瘸子女王,年轻人不再
　　　　显得有必要
老人把他们的"知"遮遮掩掩
他们是这个庞大的未经认可的谎言上的
　　　　附加常数
然"真"之创造者本身即虚无

尽管我给予它生命但虚无
　　　　本身终将瓦解
唯有无。
无永在
无在一栋从未置下的房子里
无在无之上在万无的一无之中
　　　　一个无之王

我曾多么幸福

我曾多么幸福
想象自己能做无数的事情——
  亚历山大·汉密尔顿倒在雪地里 ①
  皮鞋扣锈在雪地里
  枪子儿打碎他的眉心。
追着来访的列王的足迹
我喊道:
  威尼斯和热那亚会不会
  跟维罗纳一样热情好客?
  我没有临近的城堡
  给热那亚公爵
  没有非洲的雄牛给威尼斯总督
  除非给教宗!
  我有土耳其人的隐蔽所。
  告密者? 不——我就身在其中
  为了刺激;
  从阿富汗到特立尼达

---

① 亚历山大·汉密尔顿(Alexander Hamilton, 1755—1804),曾任华盛顿总统助手、美国首任财政部长,非常有前途的政治明星,与政敌决斗而死,不过他死于夏季。

阴谋和歌剧都电气化了
到处都是电流!
那个疯转的芭蕾女郎
一看见我在观众席她就晕倒在地,
我笑我笑我笑啊——
或者昨天当我听到一首伤心的歌
我停下脚步边听边流泪
因为当我最后一次想象自己是一个王
一个友善的王领着使臣和鲜花和博学的导师们——
如今一切都已兑现
在我身上又发生了什么?
我该再次走上莱克星敦大道
还是离开
转而讨好理查德三世
这个刽子手
他的黑斗篷穿起来是不是很压抑?
难道我不是走在本·富兰克林身后的音乐 [1]
他的两大块面包
和马萨诸塞半便士中的音乐?
我知道1768年当时人人都蒙着眼木着腿

---

[1] 本杰明·富兰克林在自传中说,他年少时到费城谋生,3便士买了3个大面包,自己吃一个就饱了,另两个周济旅伴,是美国有名的励志故事。

多么幸福我抚摸着一枚枚八块,金洋——
孩子们,难道你们没听说我
会见了以色列·汉斯,以色列·汉斯——①

---

① 以色列·汉斯(Israel Hans),柯索虚构的大人物。

漩涡

要想淹死还嫌慢了一丁点儿
只能做鱼类的吟游诗人
眼睛一眨然后瞪开
看得见好几浔深的沉船——
永远淹死在水底
闯进乌贼密室
黑屋顶像鲸鱼肚
牡蛎地板像坟场——

我的海魂灵复活了
又慢下一丁点儿
我的眼睛镶上银边
一圈一圈我旋转
好奇妙的地方——

在海王的杯底呼吸
拂动着微风和风暴
感觉美人鱼要来了
要扯住我的头发
卡在海马的镫子上——

头发

我美丽的头发死了
现在我是光蛋头
哦我照镜子的时候
我看见那个秃头又更秃了
当我入睡我睡的那个睡
不能随心愿
当我做梦我梦见孩子们挥手说再见——
曾经是那么可爱的头发
曾经是
几个小时站在橱窗　和口香糖机的镜前　带着伟大的梳子

兜里装满了一瓶瓶的绵羊油
我讨厌洗头发
带着脏东西波浪才容易成型和持久
但没有什么能去除我的头皮屑
维他丽丝，幸运虎，野根，奇亮，全都不行——
光着头躺在床上是一个大错只有上帝才能容忍——
我的头盖壳让人们看不入眼了——
粗心的上帝！现在老太太们会怎么扁我？
怎样才能雷霆万钧地站在英国的悬崖

一个患结核的荒野悬崖?
哦我可爱的琉璃般的头发枯了　暗了　看不到了
不在那儿了!
太阳!就是你该受责备!
想想我曾经捧着我的头发献给你
像一个富有的骄傲的丝绸商——
秃了!我秃头了!
我现在最好去找一个烟斗
并把姑娘们忘掉。

地铁啊把我当作你的一员吧
给我安装任何一个身体
把我丢在随便哪个站变成随便哪个人
我还有什么必要在第五大道行走
或者去剧院等待幕间休息
或者站在女子学校门前
因为我现在已经不剩下任何东西可以显示——
摔跤手是秃头的
尽管我很瘦哦上帝给我一个机会去角力吧
或者哪怕作一个有心脏病的希腊式摔跤手
让那颗心让我出汗
——在一个旧更衣室我用毛巾包着头
在我死之前我会学好流利的英语——

理发师在夜里被谋杀!

剃刀和剪刀被丢在雨地里!

没有发型师敢配制新的洗发水!

没有婴儿的阴部会长胎毛!

假发店老板!救救我!我的指甲抓在你的门上!

我要一个假发!像冬天的辽阔的罗网!

一个肥猪用来拱橡实的胡子!

参孙与我同在!只需一撮小胡子①

我就可以征服统治整个婆罗洲!

哦哪怕一根鼻毛,一根向内长的毛,

我也可以对美踏上一只臭脚,啊胜利!

没有用的没有用的

我必须从太阳底下搬走

住到别的地方

——光秃的身体穿着老太太的衣服。

哦毛茸茸的晕乎乎的悲怆!

怜悯我吧,在这冰冷的凄凉的头顶笼罩冠冕的荣光!

我站在黑暗中

流着泪看着天使们在荡漾他们的头发海洋。

我的头发尽到那里去了!在沉重的风里被禁锢!

---

① 参孙,《圣经·旧约》中的大力士,力量来自头发,被剃发就失去力量。

回来吧，头发，回来吧！
我要长络腮胡子！
我要洗你，梳你，晒你，爱你！
就像从前我还没有离开你——
我想现在肯定是一千九百五十九年
我再不需要啃指甲了
因为我有漂亮的白头发
表现出我是多么深刻地神经质。

该死的头发！
头发必须要从汤里挑出来！
头发总是塞住浴盆！
头发要花一块五毛钱才能谋杀！
恶心的头发！就知道吃漂白剂！染发剂！沙子！
修道士和他们的面包圈头！
古埃及人和他们的拖把！
黑人和他们的长筒袜帽子！
军队！大学！企业！和它们的戴牌子的人群！
安东瓦妮特　杜巴里　蓬巴杜和她们的铂金蛋糕！①

---

① 安东瓦妮特（Marie Antoinette, 1755—1793），路易十六的王后，被革命党斩首；杜巴里（Comtesse du Barry, 1743—1793），路易十五的情妇，被革命党斩首；蓬巴杜（Marquise de Pompadour, 1721—1764），路易十五的情妇，她的发型、服饰风靡一时。

维罗妮卡·莱克　杜鲁门·卡波特　伊什卡·比布勒　弥赛亚们　帕格尼尼们①

波希米亚人　夏威夷人　卷毛狗们

---

① 维罗妮卡·莱克（Veronica Lake，1919—1973），好莱坞明星，金色长发是她的标志，后响应战争动员号召剪短。杜鲁门·卡波特（Truman Capote，1924—1984），美国作家，有点谢顶，做过植发。伊什卡·比布勒（指 Ish Kabibble，1908—1994），滑稽乐手，他的代表发型是"锅盖头"。弥赛亚指耶稣，传统上他的发型是凌乱的披肩长发。帕格尼尼是讲究的中长鬈发。

仙人果服后

花花儿蹦着溜出一道
门抱着一个姑娘出了屋
带着
　　一束新光
　　一行音乐扶栏
一点点微小的差异

　　　分了

　　　　夏季
　　　　孩童

　　　　　靶子

　　　　　　　细菌

变形 & 逃逸

1

我到了天堂。
它糖浆般的压抑地甜。
嘎叽乱叫的物质糊住我的膝盖。
在这些物质中圣米迦勒最黏。
我抓起他把他贴在我头上。
我发现上帝是一张庞大的捕绳纸。
我远远避开他的方向。
我走过的地方一切都发出巧克力烧煳的味道。
而此时圣米迦勒正忙着用他的剑
劈掉我的头发。
我发现但丁赤裸裸地站在一滴蜂蜜中。
狗熊在舔他的大腿。
我握住圣米迦勒的剑
在一个巨大的圆形黏合剂中把自己分成四块。
我的身子落在一个皮筋的平衡上。
就像被弹弓射出
我的身子飕地撞到了上帝捕绳纸。
我的双腿没进一个不可想象的沼泽。

我的头,尽管坠着圣米迦勒的重量,
落不下来。
彩色黏胶的结实的丝绳
把它挂在那儿。
我的灵魂被阻拦在我受陷的身子里。
我拨!我拉!把它从左滚到右!
它碰坏了!它变软了!它不能自由!
一场永世的挣扎!
永世的拨!的拉!
回到我的头,
圣米迦勒已经吮干了我的脑浆!
头颅!
我的头颅!
天堂上唯一的头颅!
至于我的腿。
圣彼得正用我的膝盖打磨他的凉鞋!
我扑上去!
把他的脸揍成砂糖成蜜汁成果酱!
在一条条胳膊下我迈着双腿逃跑!
天堂的警察把我紧紧追捕!
我躲进圣方济各的牛奶。
在他的温厚的糖果里气喘吁吁,

我哭泣,抚慰我被吓倒的双腿。

2

他们捉住我。
他们夺去我的双腿。
他们在叫驴的苍天上宣判我。
一座永世的牢狱!
永世的劳碌(!)的驴鸣!
背负圣徒们的污秽衣衫
我图谋逃亡。
肩扛它日日注满的瓶钵
我图谋逃亡。
我图谋攀越不可能的群山。
我图谋置身圣处女的皮鞭。
我图谋天国喜悦的声音。
我图谋土地的声音,
　婴孩的哭啼,
　男儿的呻吟,
　棺材的重响,
我图谋逃亡。
上帝正忙着把天球这手里那手里轮换。
机会来了。

我砸碎我的下巴。
折断我的双腿。
把肚皮囊卸在犁头上
草叉上
镰刀上。
我的灵魂从伤口中逸出。
聚成一个完整的灵魂。
我从受尽折磨的残躯中起来。
我站在天堂的崖边。
我敢发誓这崇高领域在摇撼,
当我跳下,我自由。

我捧着一份雪莱手稿
作于哈佛大学霍顿图书馆

我的双手对美已经麻木
当它们伸入死亡并被抓紧!

哦统治我的是我的触觉
遇上这褐色墨迹的发脆的纸页!

很快,我的眼睛移动得很快,
搜寻着气味搜寻着尘埃搜寻着花边
　　搜寻着落发!

我多想拿走这张纸
带着罪孽亲吻!
但我从梦幻中榨不出一点凭据——
又能在私产证书上取得什么战果呢?

多少次,当我沉迷于先人的著作,
我发现自己被纠缠在豹斑的苹果
　　和炬形的蘑菇之中,
我献上的柏枝远远高出了案卷中的年代
而我,仿佛倒出一桶牛奶,
把秘密倾注于这片行将消失的纸页。

在新桥 ①

我把天堂抛在身后
我的天堂已挥霍一空
那些死掉的都死在美之中
那些死在美之中的都死在我之中——
独自在这间修道密室
我把钱在这只手和那只手里轮换——
随着错误的大门敞开
我把一只邪眼盯住红色山脉
——在这温暖的傍晚
在中午的雨停之后
今夜我哀悼不可爱的东西
不爱！不爱和爱！
爱的叫喊！不爱的叫喊！
无爱者的亵渎！
被爱者的和声！
我用一根绳索套住我的脖子
一个冷冷的颤音——
哦响当当的臭屎现在是毫无意义的湿巴巴的
在法兰西的某个著名人士的某个马匹之下
　　我是不是在关注自己？

---

① 新桥（Pont Neuf），巴黎塞纳河上的一座著名古桥。

诗人们在公路上搭便车 ①

当然我总想告诉他
但他的头脑七扭八歪的
　　　　　好没来由。
我告诉他天空追求
　　　　太阳
而他笑笑说：
　　　　"这顶啥用。"
我觉得我又要
　　　　发魔了
于是我说："但海洋追求
　　　　鱼。"
这一次他笑了起来
　　　　说："试想那
　　　草莓被
　　　　　推入了高山。"
从这时起我知道
　　　　战斗已经打响——
于是我们搏击：
他说："苹果车就像一个

---

① 1956年，柯索和金斯堡在去拜访亨利·米勒的路上遇到大雨，他们一边等车一边聊诗歌。

　　　　騎扫帚的天使
　　　　啪啦一声摔碎了
　　　　老荷兰木鞋。"
我说:"闪电将劈着老橡树
　　　　并放出浓烟!"
他说:"疯狂的大街没有名字。"
我说:"秃杀手! 秃杀手! 秃杀手!"
他真的开始疯了,说:
　　　　"火灶! 煤气! 躺椅!"
我只是笑笑,说:
　　　　"我知道上帝会转过头来的
　　　　如果我静静坐在这里思考。"
我们结束时各自散去,
　　这讨厌的天气!

结婚

我该结婚吗？我该做个好人吗？
我的丝绒礼服和浮士德披会唬倒隔壁姑娘吗？①
不带她上电影院却要去墓园
尽跟她说些狼人浴盆和叉状单簧管②
然后就想要她想吻她想做完所有准备活动
而她只能到此为止我也明白是为什么
不会气恼地说你一定会有感觉的！美妙的感觉！
而是把她抱在怀里倚着歪扭的旧石碑
一整夜在满天星斗下跟她求爱——

等到她把我带去见她的父母
背挺直，头发梳整齐，领带死死勒紧，
我该双膝并拢坐在她家的三等沙发③
并且一直不问洗手间在哪里吗？
感觉根本不像我平常的样子，

---

① 浮士德借助魔鬼梅菲斯特的披风或斗篷的法力，领略人间情欲，勾引了纯真少女格雷琴和古希腊的海伦。
② 狼人浴盆，参见柯索同期诗《死亡》(#14)：巫婆用扫帚汗加荷萝腌制特兰西瓦尼亚浴盆的狼人毛发。叉状（forked）单簧管，可能指一种演奏指法。
③ 三等沙发（3rd degree sofa），可能指次席末座，或被对方家长严刑逼供的座位。

总想起闪电侠戈登肥皂剧——①
哦,对一个男青年来说肯定非常恐怖
要坐在一家人面前而这家人却在想
我们从没见过他!他想要我们的玛丽露!
吃完茶和自家做的糕饼他们就问我你靠什么为生?
我能告诉他们吗?他们还会喜欢我吗?
他们会不会说,好吧结婚吧,我们虽然失去一个女儿
但我们赚回一个儿子——
然后我就可以问洗手间在哪里了吗?

哦上帝,哦婚礼!她一堆亲戚一堆朋友
而我只有几个家伙还都邋邋遢遢胡子拉碴
就等着过来大吃大喝一顿呢——
那个牧师!他打量着我好像我在手淫似的,
他问我你愿意娶这位女士做你的合法妻子吗?
而我战战兢兢不知道说什么就说呕晕矣!
我吻新娘那帮野汉子都来拍我的背
她是你的了,小子!哈哈——哈哈!
在他们眼里都能看到淫荡的蜜月要上演——

---

① 闪电侠戈登(Flash Gordon),一个类似超人、蝙蝠侠的老牌科幻英雄形象,1954—1955 年有同名电视连续剧。

然后就是那些可笑的大米和叮叮当当的罐头和鞋子①

尼亚加拉瀑布！我们这种人熙熙攘攘！老公们！老婆们！鲜花！巧克力！

通通流进舒适的大饭店

通通要在今晚干同一件事情

那个淡定的前台他知道会发生什么

那些门厅僵尸他们知道

那个吹口哨的电梯师他知道

那个打眼色的服务生知道

每个人都知道！我简直什么都干不成了！

一整夜不睡！死死盯着那个饭店前台！

叫嚷着：我否认蜜月！我否认蜜月！

疯狂闯进那些快要高潮的套房

大吼电波肚子！猫猫铲子！

哦，我要永远住在尼亚加拉！在瀑布底下的漆黑山洞

我要坐在那里，一个蜜月狂人

策划破坏婚姻的方案，一次重婚的苦刑

一个离婚的圣徒——

但我应该结婚我应该好好做人

---

① 婚礼结束时抛撒大米、在车尾拖铁皮罐等风俗。

回家待在她身旁是多么美好

我坐在壁炉前她在厨房里

系着围裙年轻可爱只想跟我生宝宝

我多么幸福她烧焦了烤牛肉

就过来找我哭诉而我从老头椅上爬起身

说些圣诞牙！辐射脑！苹果聋！

上帝啊我已经成了一个什么丈夫！对，我应该结婚！

要做的事情可真多！比如半夜摸进琼斯先生家里

把他的高尔夫球杆藏在1920年版挪威书下面

比如挂一幅兰波的画像在剪草机上

比如把唐努图瓦邮票贴满篱笆桩 ①

比如等慈祥太太又来收社区费

抢光她并告诉她天上有恶兆！

然后市长来叫我投票就告诉他

什么时候你才叫人禁止捕鲸！

还有送奶员来了就给他留张条子在奶瓶里

企鹅灰，给我送企鹅灰，我要企鹅灰——

不过要是我结了婚在康涅狄格的大雪天里

她要生孩子了而我不眠不休，筋疲力尽，

夜夜警醒，俯首幽窗，往昔已远去，

---

① 唐努图瓦（Tannu Tuva），即唐努乌梁海，今为俄罗斯联邦加盟共和国，半独立时期（1921—1944）曾发行邮票、税票，颇受藏家追捧。

在最平凡的处境中找到自我,一个战战兢兢的男人
深知责任不是毛细涂片不是罗马金币羹——
哦,那会是什么样子!
我当然愿拿它换一个奶嘴一个橡皮的塔西佗 ①
换一袋子咔啦响的烂巴赫唱片 ②
把德拉·弗朗西斯卡钉满他的摇床 ③
希腊字母表缝满他的围嘴
然后为他的童车修一座敞篷帕台农神庙

不,我怀疑我能不能做这样的父亲
没有田园没有雪没有幽窗
只有臭烘烘的纽约城
楼梯爬七层,蟑螂老鼠满墙钻 ④
一个赖希派肥老婆在土豆上空怪叫去找份工作! ⑤

---

① 塔西佗(Tacitus,56—120),古罗马历史学家,他的名字的拉丁文本义为:安静。诗中指婴儿奶嘴安慰器。
② 巴赫(Bach),德国音乐家,他的名字在英语中可理解为:单身汉。唱片(records)可理解为:档案资料。在诗中,唱片或资料被撕碎做成咔啦摇响的婴儿玩具。
③ 皮耶罗·德拉·弗朗西斯卡(Piero della Francesca,1420—1492),意大利画家,因在阿雷佐的圣弗朗西斯科教堂绘制《真十字架传奇》系列壁画而著名。
④ 分别出自奥威尔小说《1984》、拉夫克拉夫小说《墙中鼠》(The Rats in the Walls)中的敌托邦情景。
⑤ 心理学家赖希(Wilhelm Reich,1897—1957)认为,性高潮是原动力,性压抑导致社会问题,并提出激进的"性革命"理论,他的著作在1950年代是美国禁书。

还有五个鼻涕虫崽子爱上了蝙蝠侠
那些邻居牙齿缺缺头发干枯
就像18世纪老妖婆聚会
都要进屋来看电视
房东要来讨他的租金
还有杂货店蓝十字煤气和水电哥伦布慈济会要交①
根本不可能安心躺着梦想雪情电话,停车场白茫茫一片——②

不!我不该结婚而且我应该永远都不结婚!
但是——想想如果我能娶到一个贤淑练达的美女
高挑白皙一身优雅的黑礼服和黑色长手套
一手握着烟斗另一手是高脚杯
我们高高住在顶楼有一面落地大窗
从那里我们能看到整个纽约以及更遥远清晰的明天
不我不能想象自己会娶一个舒坦的囚徒之梦——

哦,但爱情怎么了?我忘掉了爱情
不是我没有能力去爱
只因为在我看来爱情就像穿鞋一样奇怪——

---

① 蓝十字(Blue Cross),美国医疗保险机构。哥伦布慈济会(Knights of Columbus),天主教兄弟会组织。
② 雪情电话,是气象机构、滑雪场、铲雪公司等开设的咨询电话,尾号一般为7669(SNOW)。

我从没想过要娶一个跟我妈一样的姑娘
而英格丽·褒曼又总是不可能的
而且即便有一个姑娘但她又已经结婚了
而且我又不喜欢男人而且——
但那样就要变成某种人了!
因为如果我六十岁了还没有结婚,
孤零零地在配套出租屋里尿湿了我的内裤
而其他的人都结婚了!全世界都结婚了除开我!

　啊,不过我知道总有一个女人是合适的而我也是合适的
　那么婚姻就总会有可能——
　就像**她**孤零零地在异国身穿奇装等待着她的埃及情人①
　我也一样等待——两千年的鳏居之后生命的沐浴。

---

① "她",出自哈格雷的浪漫奇幻小说《她》(H. Rider Haggard, *She*, 1887),女主角是一位永生的大女巫,守候 2000 年等来爱人转世,并带他沐浴长生泉。

炸弹

动摇历史　刹停时间　你啊　炸弹
宇宙的玩具　八荒的主宰　我无法恨你
难道我能去恨那胡闹的霹雳　一头蠢驴的说教
公元前一百万年的狼牙棒　钉头锤　双节棍　砍刀
达芬奇投石机　柯奇士战斧　基德火铳　拉思伯恩匕首①
啊还有魏尔伦　普希金　迪林杰　博加特　玩儿命的手枪②
但从无圣米迦勒的烈火之剑　圣乔治的长矛　大卫的机弦
炸弹　你就像制造你的人一样残忍　但你不比癌症更加残忍
但所有的人都讨厌你　他们宁愿叫车撞死　叫雷劈死　叫水淹死
从楼顶掉下来去坐电椅　心肌梗塞　死于晚

---

① 达芬奇手稿中有投石机设计图。柯奇士（Cochise，1805—1874），美国印第安人反抗领袖，阿帕奇族酋长。威廉·基德（William Kidd，1654—1701），英国海盗。拉思伯恩少校（Henry Rathbone，1837—1911）在林肯遇刺时被凶手用匕首重伤。
② 魏尔伦曾枪伤兰波右手。普希金死于手枪决斗。迪林杰（John Dillinger，1903—1934），美国悍匪，逃亡时被警察击毙。博加特（Humphrey Bogart，1899—1957），美国影星，曾主演《马耳他之鹰》《卡萨布兰卡》《非洲女王号》《凯恩舰兵变》等片，死于癌症，诗中可能指他扮演的形象。

年　晚年　哦　炸弹

他们宁肯死于所有的一切　也不愿死于你　死神的手指是自由长矛①

不会让人来决定你究竟是爆还是不爆　死神早早就分配好了它的

绝不含糊的蓝　我歌颂你啊炸弹　死的奢靡无度　死的狂欢庆祝

死的至高蓝色之精髓　飞行者必将坠毁　他的死必将不同于

那些摔死的攀登者　死于眼镜蛇也就意味着不死于变质猪肉

有人死于沼泽　有人死于大海　也有人死于黑夜里的虬髯客

哦有的是阿克女巫那样的死　鲍里斯·卡洛夫那样惊恐的死②

死婴那样没有感觉的死　包厘街老叫化无人哀伤的死③

像判处极刑那样　弃绝的死　参议员那样堂皇的死

---

① 自由长矛（free-lance），原指流浪骑士、雇佣兵等，现代指自由撰稿人、作家，诗中反讽上帝之手。
② 圣女贞德（Joan of Arc）被宗教裁判所以异端和女巫罪判处火刑。鲍里斯·卡洛夫（Boris Karloff，1887—1969），美国影星，以弗兰肯斯坦系列恐怖片闻名。
③ 包厘街（Bowery），位于曼哈顿南部，在当时是一个没落街区，柯索和金斯堡、奥洛夫斯基曾寓居于此。

还有哈泼·马克斯　封面女郎　我本人　不可思议的死①

我真不知道被炸弹炸死是如何的恐怖　我只能去想象

但我知道其他死法不会有这样可笑的预演　我端详一座城市　纽约城　人潮　灯海　地铁掩蔽所

一笔一笔记下　对人性的摸索　高跟鞋崴断

帽子淹没无踪　年轻人弄丢了他们的梳子

女士们提着购物袋　不知该做些什么

口香糖机镇定自若　第三轨依旧危险②

里兹兄弟　从布朗克斯　赶上A线快车③

微笑的辛雷海报将永远微笑下去④

调皮的死亡　淫棍炸弹　炸死

海龟被轰翻在伊斯坦布尔

美洲豹的飞腿

立刻没入北极雪原

企鹅冲进斯芬克司

---

① 哈泼·马克斯（Harpo Marx，1888—1964），美国滑稽戏明星，"马克斯兄弟"组合成员，当时仍活跃于舞台。诗中意思是笑星、美人和我是不会死的。
② 给地铁供电的导电轨叫第三轨，一般位于两条行车轨中间，当人跨越铁道时有触电危险。
③ 里兹兄弟（Ritz Brothers），美国滑稽戏组合，活跃于二战前后。
④ 辛雷（Schenley），纽约威士忌厂牌，广告上一般都有个饮酒的中产阶级男士。

帝国大厦的尖顶
射向西西里的椰菜田
埃菲尔在木兰花园呈 C 型
圣索非亚在苏丹剥光光
哦矫健的死亡　好动的炸弹
那些远古的庙宇
它们的宏大废墟完结了
电子　质子　中子
聚拢赫斯珀利亚的长发
走过阿卡狄亚的悲痛深渊
加入石雕的舵手们
迈进那最后的圆形剧场
用特洛伊的全部盛赞之情
传报香柏的火炬
竞逐羽冠和绶带
并在优美的舞步中了解荷马
看吧　现时是客队
往昔是主队
弦琴和吹管交响合一
听吧　热狗苏打橄榄葡萄
明星云集　穿礼袍和制服的
代表　哦欢闹的看台
虚空中的加油喝彩和臭骂

几十亿人同时到场

宙斯家族大混战

赫耳墨斯跟欧文斯赛跑 ①

佛陀打唾沫球

基督三振出局

路德偷得第三垒

死亡天文馆　炸弹和撒那

迸发吧最后的玫瑰　哦春之炸弹

你身披硝甘炸药的绿袍而来

无害于大自然那不可侵犯的眼

你身前是蒙头巾的往昔

你背后是高声追赶的未来　哦炸弹

在草色青青的嘹亮旋律中蹦跳

像一只被猎人发现的狐狸

你的原野是宇宙　你的篱笆是地球

纵吧炸弹　跃吧炸弹　欢快的之字形

群星在你的大胃袋里像一窝蜜蜂

天使们依附在你欢庆的双脚

光芒四射的车轮安在你的铺位上

你是应得的　看呀你是应当的

而且诸天都和你在一起

---

① 欧文斯（Jesse Owens，1913—1980），美国田径明星，在 1936 年柏林奥运会上夺得 4 枚金牌。

和撒那　白炽化的恋奸情热

炸弹　哦熔融和裂变的浩劫轮唱　**轰隆**

炸弹用急速的高炉标记着永恒

展开你包罗万象的扫荡面吧

提出那恐怖的议程

腐肉天体　灵堂行星　遗骸元素

僵尸宇宙　咬着指头嘻嘻跳过

它那久已久已死亡的北方

从你敏锐的黯淡的痉挛的眼中

倾泻天国食尸鬼们的洪水

从你那所谓的子宫

喷出令人作呕的大蛆虫

撕开你的肚皮吧　炸弹

从你的肚皮养育大群秃鹫式的敬礼

冲杀向前你闪亮的鬣狗残肢

一路沿着天堂的涯岸

哦炸弹　哦最后的花衣笛手

太阳和萤火虫都追随你的震撼华尔兹

上帝抛弃了裸女模型

隔着一层假云母薄片的启示录①

它听不见你的笛曲

---

① 早期的显微镜用薄云母片做载具，直到19世纪才改用玻璃。

祝你亵渎快乐
消音器的疣耳把它塞聋了
它的国是粗蜡做的来世
堵塞的号角不吹响它
缄口的天使不歌唱它
一个失去雷霆的上帝　一个死上帝
哦炸弹　你的**轰隆**是它的坟冢
于是我俯身科学的案头
一个占星家浅尝恶龙散文
略微了解战争　炸弹　尤其是炸弹
于是我无法去恨一种必需的爱
于是我不能容忍这个世界竟同意
让小孩去公园　大人上电椅
于是我能够嘲笑一切
我所知和未知的一切　以此隐藏我的痛苦
于是我说我是诗人并因而热爱所有的人
我知道我所说的将成为人人熟知的预言
我未说出的也会同样为人熟知
于是我成为多个人
一个在弥天大谎中淘金的人
一个在亮丽的残灰中徜徉的诗人
或者我便想象自己能成为
一个尖齿利牙的长眠　一个梦中的食人兽

我不需要对炸弹无所不知

这样就好　因为如果我觉得炸弹是毛毛虫

我毫不怀疑它们会变成蝴蝶

那里是炸弹的地狱

它们在那里　我看见它们在那里

它们坐成一团唱着歌

大多是德国歌

还有两首很长的美国歌

它们希望能有更多的歌

特别是俄国和中国歌

以及更多长长的美国歌

可怜的小炸弹呀绝不会有

爱斯基摩的歌　我爱你

我要塞一根棒棒糖

在你开叉的嘴巴

戴一顶金绺姑娘的鬈发在你光秃的脑瓜 ①

让你跟我一起蹦跳像汉泽尔和格蕾特尔 ②

一路沿着好莱坞的银幕

哦炸弹　一切美好尽包含

精神和肉体上都渴望着分享

哦从至大的宇宙之树

---

① 出自英国童话《金绺姑娘和三只熊》。
② 《汉泽尔和格蕾特尔》(*Hansel and Gretel*)，格林童话，又名《糖果屋》。

采来的仙灵之叶
哦这片段的天堂赐予
高山和蚁丘同一个太阳
此刻我站在你奇幻的百合之门
我给你献上凡间的玫瑰　桃源的麝香
来自天堂女郎的名牌化妆品
迎接我吧　不怕你的大门开敞
或者你冰凉鬼魂的灰色记忆
或者晦暗天气的皮条客
他们的冷酷大陆解冻了
奥本海默被安放
在光明的黑暗口袋
费米在死神的莫桑比克枯干
爱因斯坦的神话嘴
戴在月亮乌贼头顶的一串藤壶花环
接纳我吧　炸弹　从怀孕耗子的角落升腾
不再害怕世界上那些挥舞扫帚的国家
哦炸弹　我爱你
我要亲吻你的铿锵　吞食你的轰隆
你是一曲颂歌　一声啸叫的顶点
雷霆先生的抒情帽
哦回荡在你装甲的双膝
嘣　嘣　嘣　嘣　嘣

嘣天空　嘣太阳

嘣嘣月亮　星辰嘣

黑夜嘣　白昼啊嘣

嘣嘣大风　乌云和雨水

放　嘭湖泊　海洋砰

马鲛鱼嘣　美洲狮嘣

乌班吉嘭　猩猩狒狒

砰嘭啵嘣　蜂蜂熊熊嘣

你嘣你嘭你砰

啊尾啊鳍啊翼

是的　是的　一颗炸弹要落在我们当中

鲜花要为它们根茎的疼痛而欢喜跳跃

原野要在大风的哈利路亚中傲然下跪

粉红炸弹要开花　麋鹿炸弹要竖起耳朵

啊多少炸弹要在那一日用温柔的目光让小鸟敬畏

然而不仅要说一颗炸弹将落下

光声称天火将喷出也还不够

须知土地将奉炸弹为圣母

须知人们的心中还要诞生更多的炸弹

威武的炸弹紧裹着雪貂　真美呀

它们要轰隆一声坐镇在地球的暴戾帝国

狰狞着金闪闪的髭须

　　　　　　＊

　　　　＊　　＊

她并不知道他以为自己是上帝

他是上帝
吉姆·布雷兹是上帝 ①
他站在窗前微笑
看见一个孩子走过来
"我是上帝!"他笑着。 他知道

他老婆拍拍他的肩膀
"吉姆宝宝病得要死了
他烧得厉害。 找个大夫来。"

吉姆·布雷兹站在那里像个死人
仿佛有生的健康与活力
在他的死亡中膨胀
他定定站着震惊于这个事实
他是上帝。 他是上帝!

他老婆哀求尖叫跺地板
拿她的拳头捶墙
"吉姆宝宝要死了!"

----

① 吉姆·布雷兹(Jim Blaze),在柯索诗中是一个王牌空军飞行员,参见晚期诗《战地报告》。

梦遇棒球明星

我梦见特德·威廉斯①
夜里歪着身子
靠在埃菲尔铁塔,流着泪。

他穿着队服
把球棒搁在脚上
——皱着眉头在张望。

"兰德尔·贾雷尔说你是个诗人"②
"这个我也会!我说你是个诗人!"

他拎起球棒在手心吹口气;
他跨腿站着就像他站在击球区的样子,
并且大笑!把他学生气的愤慨
射向某个无形投手的发球台
——等待着从天堂远远掷出的一投。

---

① 特德·威廉斯(Theodore Williams,1918—),美国棒球运动员,著名的击球手。
② 兰德尔·贾雷尔(Randall Jarrell,1914—1965),美国诗人,他对柯索的帮助和影响都很大。

球来了；几百个球！全场沸腾！
他挥棒、挥棒、挥棒但是击不中一个
下坠曲线球或者中心开花球。
一百个好球！①
身穿奇装异服的裁判
吼出他的判决：**你出局**！
而鬼魅观众们毛骨悚然的嘘声
把滴水怪兽从圣母院里驱散。

而我在梦中惊呼：
上帝啊！掷出你仁慈的一球吧！
一声暴响挥棒击中！

万岁，高速平直球打到左场！
耶，二垒！耶，三垒！
和撒那，全垒打！

---

① 即发球方得分。

大海龟

<small>记一部沃尔特·迪斯尼影片</small>

你来自大海一个剧痛的海
夜里在月光下你慢慢地上岸
你身后交错的压痕记录着你的煎熬
一个小时　在一个小时内你中断了你的慢
后腿开始刨了　刨着沙子湿泥沙子
月光更亮　大海宁静
你的嘴吸气　你的眼睛厚厚地蒙着泪
你造了一个巨大的洞　你平躺下去
排出　叹气　使劲
下蛋　下蛋　下蛋　下蛋　下蛋　下蛋　下蛋
下蛋　下蛋　下蛋　下蛋　蛋　蛋　蛋
喘息　排出　叹气　平躺
你湿漉漉的卵巢沾满沙子　你慢慢地转身
慢慢地你盖上那个洞那些蛋慢慢地　慢慢地
你中断了你的慢
黎明
你扑通落入海中像一块大石

梦中领悟

腐食动物的高贵是从上帝那里讨还的；
从来没有哪种腐食动物**生来就是**腐食动物——
不会蹲在上帝的造物群里像一堆石头
——在它们各样的眼里本没有光。

生活。正是"生活"把一只汤勺戳进它们的嘴里。
乌鸦胡豺鬣狗秃鹫蛆虫意识到饥饿
——舀进死亡这锅浓汤。

克里特岛的妄想狂

该死的弥诺斯的裂缝,我要把它们堵上!①
用灰泥把我跟一切隔开,跟那边的一切!
只需坐在这儿,跪下,在酒罐和芦荟之间,
读着情欲的碎陶,嚼着无花果,不需要任何人——
开掘那真正的迷宫,就是我的灵魂,忒修斯;②
在**那里**试试一个线团!

诸王所传承的御座为废墟所承继;
上面并没有一只乳房让我歇下我神话的头;
没有侍人的坐凳,没有君主的卧榻,满足这个软绵绵的洞穴——
哦宙斯!我就是那个能调动一切的王!
一个由宫中听凭差遣的贤哲们辅佐的王;
不是国王的人马,不是我的儿子们,那些狎童癖米利都人;③

---

① 弥诺斯(Minoan),古克里特岛以弥诺斯王宫遗址为代表的青铜时代文明。
② 忒修斯(Theseus),在克里特岛的迷宫中杀死牛头怪弥诺陶洛斯的雅典开国之王。
③ 米利都(Miletus),小亚细亚古城,由希腊人建立,今属土耳其。有《米利都色情故事集》传世。

那个火爆的拉达曼堤斯,他的九年洞中演说——①
和我的妻子!那个木奶牛婊子!

堵上!堵上!堵上!塞住这些缝隙!
它们想把我倒进一个可怜的宁芙的水流汩汩的蕨丛!②
把我的脚钳死在河神的嘴里!
用娜伊阿达迷乱我的头脑!③
在我身上放进厄洛斯,尘世虚荣的没收者!④
哦卡吕普莎的碧波荡漾的闺房要把我撕成碎片!⑤
刮灰!刮灰!阻止爱琴海的波浪!抹平雅典!

我俯瞰那头拱身的公牛,那对无头狮子,
还有更多的裂缝要找,要看!
我失去了厄喀那狄安群岛——⑥

---

① 拉达曼堤斯(Rhadamanthys),公正严明的地狱判官。他的哥哥克里特王弥诺斯也是判官之一。
② 宁芙(nymph),林中仙女。
③ 娜伊阿达(Naiad),水中仙女。
④ 厄洛斯(Eros),情欲之神,现代心理学称为性本能。
⑤ 卡吕普莎(Calypso),海中仙女,尤利西斯曾与她同居7年。
⑥ 厄喀那狄安群岛(Echinadian),在伯罗奔尼撒和希腊半岛之间。

小丑

1

欢笑在俏皮之后死了
滑稽佬的咧嘴不再滑稽
一个小丑在一个坟里
爱胡闹的人在炼狱哭泣
欢笑在俏皮之后死了
喜悦
"美",心中的记忆
但面孔还是一个滑稽佬不滑稽的咧嘴

2

像一个弄臣要去吹灭蜡烛
小心翼翼踮着带响铃的脚尖
因为他的主人正梦见打胜仗
——我就这样蹑手蹑脚地吹着
因为我的猫和金丝雀在睡觉。

我没有插羽毛的头盔,没有蓝白道的衣裳;
也没有老辈的弄臣来让我穿上。

我本人就是我自个儿的开心玩物。

这里没有场地让我来屠龙
——没有可能跪在女士们面前
亲吻她们绚丽的裙袍。
我只能背着两手来回乱走
梦想着地牢和铁钉和咿呀响的刑架。

对平民,我把东西放上鼻头
以黄金般的优雅踮起脚尖。
对那些我所爱的人我忧伤地坐在彩画玻璃窗前
——我整副面孔带着某些笑话的神秘感。
而对上帝我已经备好满嘴企鹅。

我把自己锁起来!
我在水槽里洗桃金娘鸟。
对,我本人就是我自个儿的开心玩物
——浑身散发无梦的臭笑话。

我在乎吗?是的我在乎。我想去逗笑。
哦如果我能作一个发条玩具
哪怕一只冬天的小兔子
      夹在一个巨型弱智儿的馅饼里。

我认得欢笑！我认得大量的欢笑！
但我能做的一切只是背着两手来回乱走
梦想着地牢和铁钉和咿呀响的刑架。

3

但为什么说要作一个人，而不是一个小丑？
但作一个人又是什么样子？
如果需要我能够像一个圣人那样搞笑，
用来交换一只鹅腿，一份热情；
我从不需要认得我给生活涂抹的这种喜悦
或者可怜巴巴地索求丰盛的大餐。
我想胖的话就能胖！
要冻结一个人幽默容易得很
——要扇凉太阳。

这是白痴的时代
是摆出一副笑脸踩着一头死狮照相
（典型的无小丑的人）——
这时代是留小胡子；喝杜松子；
然后搞上很难搞上的女士。

这时代是星球旅行之后回家
把泥土擦干净。

荒野之中我在哪里?
是什么家伙把我的骨头折腾成这样?
这里不是伊甸——这是我的商店:
房间!房间!电气之光!
所有的岸边都是一个巨大的海洋。

我是不是千斤顶一般的人
撑着每一桩不幸,不管它疾病
死亡或者不过是有点不开心?
还是那人?那个戴着弯帽子和管子胡须的
　　　　老小丑?
那个泪汪汪地回忆他的彩虹球的
　　　　癫子?

不!把这个木棍千斤顶蹴进魔域!
在马戏团棺材里翻筋斗!
死先生让这英雄跟着一个个球转!

——同样,我也能够纪念黑色的欢笑。

4

我还是不知道小丑会不会死;
因为仍有黑色的灵犬,雄狮的战斧;
天上的冠军倚着一个云朵
　　　　叉着两脚;
以及注定的神话
　　　　集聚在人的战争中。

如果没有小丑
只有邪魔的老胡子在摇动淡蓝的花;
如果没有微笑
没有带着弦琴和角号的小天使的攀登
没有银制的箱,没有光铸的壶,没有给天鹅的盆,
不是精妙者把自身锻造;
我怀疑上天堂的奖赏
还是不是去一个让老朋友开心重逢的地方。

如果小丑死了
八月的时日将重重压上
　　　　一袋又一袋酸小麦。
死了小丑,将有一场浩劫!

天使的珠宝镶嵌的祭坛
    将撞击
    并粉碎鸽群的一线光亮!
牧神将糟蹋树木
    丢满被牧神嚼烂的婴儿!
油性的抑郁穿上黑靴
因为小丑想要去死。
人们就像一座座岛屿
    在对死亡的无能防护中淹没他们的喜悦

哦整个的悲剧!它的重压!
对欢笑不再来的种种抱怨——
以及咯吱因为小丑睡觉了因为他需要睡觉;
苦闷的日子可怜的美国赤裸裸——
老美国时常能像小丑那样把欢笑讲述——
本·富兰克林,W.C.菲尔兹,卓别林,喜悦之脂![1]
他们开心的光是迈进的兵阵,冲啊!

蛇在搜索天空中飞翔的兔子;
猴子在选拔走狗——是小丑死了?

---

[1] 菲尔兹(W. C. Fields,1880—1946),美国喜剧演员。

我给未来一个死鱼样的咧嘴表示悲哀,
因为我正是历史的阴郁。
一个喜剧性的腐败过程!死亡的非死亡状态!
钟塔的镰割之罪
预示着悲怆与人的生命时间相等。

5

骄傲自负的宫廷丑角!鼓足你的奇思怪想
一转眼青春一转眼到老年。

是不是因为死亡你撕裂黑色的利润,
这份应属于我的空乏的虚荣?

正是生命已经污损了我高雅的歌;

忧伤的智识例证着我隐秘而丰富的行为,
哦首席医师站到我临死的一方。

了不起的骗子手!我辨出你扭曲的地板
你粉碎的家私,你剧痛的门庭。

嗬!你了不起不得了的祸害喜悦!

我不会用夜晚戳瞎你的眼睛，

或设置一个看更人的猿抓钩
用他的道德咯吱逮住你。

你不是可笑的
你从来不是可笑的
你一直都是你，小丑！
——天堂的冠冕上嫁接的间歇性精神病。

但我却死于你手；
填满你的心我的坟——

原谅我吧，可爱的人；
哦我确实也但愿每一缕笑声
能编织一个狂欢的永世！

不，我不想挤进你有头脑的坟墓；
只求让我攀上你快活的楼梯
让群星把灰尘踢进我眼里。

莫要绝望，亲爱的喜悦之子，
你将走向上帝

为它放松紧绷的钢丝。

6

冬的阵阵铁拳打倒一群麋鹿。
冬离开树林就像丢下一碟鸡骨头。
光腚小丑在雪埋的溪旁哆嗦;
熟睡的熊醒来嘲弄他冻紫的瘦巴腿。

挺住啊,小丑!
每一块石头都是宇宙;
每一棵树都是欢笑材料制成。
给你的嘴巴画上宽宽的白边!
用榆树叶子做一对假耳!
用蜥蜴做你的红鼻子!
快快准备!
春天很快就要在一棵树后面冒头
　　　　就像夏娃从亚当的身侧出现。

叮叮喤啊咚咚锵!嘀嘀嗒嘀嗒!嘟嘟!
春天随巴纳姆的彩车队穿过了堵塞的抑郁①

---

① 巴纳姆(Barnum),美国著名的马戏团。

——无笑时代的交通。
妈妈们总算生下憋了一冬的胎儿。
孩子们壮起胆来到处乱爬
   只穿着衬衣坐上一个个塑像的肩膀。
樱桃花在老人的心里鼓起了喜悦。
姑娘们蹦着,小伙们绷着,狗跳着,猫跃着——

春天!
适于到东河走走
在布鲁克林对面坐下
   领会赫西俄德对农作的新知;
适于专注阿尔刻门的《少女之歌》①;
更应花上几个小时坐下来重新学习
   古典诗歌的技艺——
迎接《优胜者颂》! ②

哟! 哟! 神话中不断的灾难
   在宣告热,午光中的热
   谷粒和浆果蜂!

---

① 赫西俄德(Hesiod),公元前 8 世纪古希腊诗人,他的《工作与时日》中对农业生活有大量描述。阿尔刻门(Alcman),公元前 6 世纪古希腊诗人,《少女之歌》是他主要传世作品。
② 《优胜者颂》(*Épinikian Ode*),是公元前 6 至 5 世纪古希腊诗人品达(Pindar)的作品。

小妖们捧着满手的春天
　　　　献给垂死的冬之王；
这个老八怪浆果中毒了
　　　　马上就得死
　　　　马上就得死。

我知道你会来的,狂野的建筑师!
你正是我想要;哦敞开胸怀我大笑!
为什么还继续担忧罗马的渎神的赎救
既然你已来到这里?让那些突厥人和缺鼻子的希腊人
在奥斯曼的油膏壶里搅腾吧。

哟!上帝!去吧尔等雪狗和熏香!
跟台伯河边的牧神不同
这里为这个时代的偶蹄动物开设了保育园。

冬,我已成为你的小丑;
我已读过你珠圆玉润的经文
——我不再老是忌恨。
我的喜悦从来不能轻松地楔开
　　　　悲怆的老裂缝。

7

向那独角兽拥抱吧,人的失败的
非可笑的情侣;你的红鼻子
是抗死亡——

一个三月里的傻逼,你啊——
生于嘲弄之中,哦那癫狂的月份!
生于嘲弄之中但就像所有的人
　　　来自一个老财迷的子宫似的头脑,
一个吝啬的讨厌鬼赚得盆满钵满
就凭他偏不告诉你何时何故如何生活。

足够。对那独角兽。
小丑的喜悦补贴对人却没用。
人被牢牢粘上了悲怆并且无处可逃。
你所有的滑稽戏的黄金……全都没用。

去吧!戴着假耳朵绒球帽子去拥抱那独角兽
　　——你永远不能摇动死亡的仁慈的欢笑,可怜的
傻逼!

小丑!

无家可归的小丑阴沉着脸!

8

当然那独角兽会被杀死
所以不要以为你的红鼻子
你的大嘴巴
你的价值百万的笑不会。

当然这马戏团会悼念。
对那个胖太太他们倒不悼念太多。
你逗孩子们笑是为了赚钱
所以不要以为你是一个黄金般的小丑。
有一次你骂过钢丝手
有一次你撵过一个乞丐
有一次你哭过。

啊,我要唱的不是马戏团的小丑;
不是那个在征服者面前翻斤斗
   要在马儿面前跳舞的侏儒
不是那个从睡裤里喔喔
   爆出军火牙的滑稽佬
不,也不是那个手里捏着绳子两端的骗子手。

9

这喜剧已成疯狂!
可怜的小丑,悲怆中的处境。

小丑的屋子"**贱卖**"!
  呱呱叫的砖瓦和沿廊
  腐朽的门庭和窗户
  以及精美的奶油杯子。

今夜里这绝了顶的小丑
他的一颗颗烟头闪烁在吉普赛的篷车队上空。
那晃动的提灯抗议着他的离家。
对水晶他是一个幻影;
对耳朵他是毛茸茸的打击手;
巫婆的预测之眼
哪能够给予他身份。
月亮披上了一朵乌云;
最后一辆马车在两棵树下小憩;
他抓住他皱巴巴的颈脖
——哇!他黏糊糊的味道!
鸟群吞掉了他所有的护身符玩杖和小玩意。

小丑死了!
一直沿着1959公路——所有的小丑都死了!
看他们那些大垃圾堆上挤满海鸥;
   他们的绒球帽磨破了
   他们的大鼻头和耳朵在焖烧
   他们的波尔卡圆点连衫裤在变黑
   在太阳仙子的最终的夜角之下

凶巴巴的团长折断他的鞭子!
马戏团的大慈悲开枪射击!
钢丝手啃着他们的绳子!
瘦骨猿扭着没肉的香蕉!
驯狮员的下巴骨
   咔吧响在狮子的下巴骨上!
热狗和可口可乐卖给停尸房!
大象以泻肠的规模玩泥巴!
五十个穿寿衣的小丑满满溢出
   一座小小的坟。

10

但
我永远是一个小丑

并且不需要算计合文法的
　　　　死亡的直径。
死亡，像一只猴子的尾巴，
螺旋形地缠绕着一根升高的，
　　　　不断升高的爬杆

怎样才能登上塔楼坐在那里
远离那些病患的呼吸
远离那些在死亡的柱形快感中
　　　　沉睡的灵魂——
啊，
　　　　这种过度的江湖骗术
绝不会给我留下机体的圣餐盒
　　　　感谢上帝

圣心咖啡馆 [1]

那些火爆姑娘在圣心咖啡馆 [2]
把酒杯在桌上敲得哪哪响
嚷着丹东的胜利已经背弃了自由 [3]
而侍者想问缪拉的胜利算哪一种胜利。[4]
那些被炸死的阿尔及利亚人互相评说烧焦的牙。[5]
圣心咖啡馆一个伤心的咖啡馆。
业主就像《悲惨世界》里的业主。
每次在那儿总让我觉得像冉阿让。
感谢上帝我没有大袋银币没有黄票子要出示。[6]
但我为什么还要去那儿一个无处寄宿的前囚犯
坐在一个木角桌前啃黑面包

---

[1] 圣心咖啡馆,可能泛指巴黎北城蒙马特高地的圣心堂(Basilique du Sacré-Cœur)附近某店,那一带是旅居艺术家聚集地。历史上是巴黎公社(1871)的重要阵地,战况惨烈,公社被镇压后兴建白色地标建筑圣心堂,"抵偿公社罪行",一直为左翼所不齿。
[2] 巴黎公社时期推行妇女运动,提出一系列性别平权政策,据说还有"红色娘子军"(la vierge rouge)、"火油女攻队"(pétroleuse)等战斗组织。
[3] 丹东(Georges Jacques Danton,1759—1794),法国大革命的主要领袖之一,雅各宾派、山岳派成员,后期主张宽容政策,反对革命恐怖,被罗伯斯庇尔送上了断头台。
[4] 缪拉(Joachim Murat,1767—1815),拿破仑的大元帅之一,曾战功显赫,拿破仑百日复辟时他仍发兵支持,战败被杀。
[5] 阿尔及利亚原为法国殖民地,1950年代爆发民族独立斗争,时有恐怖活动发生。
[6] 黄票(yellow ticket),在美国一般指交通违章罚单,在欧陆常指(沙俄的)妓女营业证、犹太女子工作证等。

等着小珂赛特——以永世为限。
守在那里然后我尾随她走入黑夜
我可以帮她提水桶
给她买一个巨大的豪华洋娃娃
然后带她去远方
然后她爱我
然后我驮着她的爱人穿过下水道
然后我老了头白了死在他们的婚宴。
啊但是圣心咖啡馆只有塑料桌子。
火爆的姑娘们都在邮政局上班。
业主没有珂赛特只有一个大胖小子
坐在那里蘸羊角面包吃。
而阿尔及利亚人
他们又不来圣心咖啡馆。

终生苦刑

我想波吕斐摩斯仍在咆哮着他低沉的悲伤 ①
踞在高高的悬崖
遮天巨腿摇荡在海里
他摸索的双手抠着被烧坏的独眼
我想他会这样继续存在
因为对他来说死是不可能的——

尤利西斯死了
现在他肯定死了
而他到底有多少智慧
竟能去弄瞎一个不灭之物?

---

① 波吕斐摩斯(Polyphemus),古希腊神话中的独眼巨人,被尤利西斯(奥德修斯)用炭火刺瞎眼睛。

从另一个房间

哑巴天才向我无窗的房间
吐出微弱的声息
他——这睿智的沉默者
啪哒着宿命的暗码
——这醉鬼擂响墙壁来制造他的风暴!
透过裂缝!透过裂缝!
我的盛宴在舒畅的血中流淌。

力量

致艾伦·金斯堡

我们是力量的仿制品
每个人都要被怀疑
根本就没嘴没眼没鼻没耳没手是够用的
五官机能不全
你需要力量才能驱除光亮
而不是闭上一只眼睛

自从我观测记忆和梦
而不是当前的图景
我变得更加鲜活
不再需要睁眼去看
对于我光就永远是光
多么有力啊我能想象黑暗!

自从我依赖英雄们的意见和认可
我按恰当的真理和谬误生活
"沙赞姆!" [①]

[①] 沙赞姆（SHAZAM），出自美国科幻漫画《沙赞姆的力量》，让小孤儿变身为"奇才船长"（超人）的口诀。

哦，但特德·威廉斯多么可悲一个肥羊凯子
孤零零地呆在中场
让我作你的高参巴克·罗杰斯吧！①

自从我以不真实驳斥真实
再没有什么像不可能性这样不公平的事
就像一个阿塞拜疆人越出自我
我伪造一只火箭狮
并以一颗迷恋数学的心翱翔遍及整个星球

哦但有时"**沙赞姆**"还不足够
小兔身上有一种野蛮
引导通向天堂之路——远离上帝！
小鹿身上有一种残忍
它的虎般优雅把苜蓿草啃到骨头

我是一个力量的造物
有我就不存在暴行
我公平　细心　睿智而且有趣
我为自己咆哮一个求爱的生涯
我是一个有力的人形体在寻求怜悯

---

① 巴克·罗杰斯（Buck Rogers），美国老牌科幻漫画《巴克·罗杰斯在25世纪》中的"未来战士"类英雄，是飞船巡警的大队长。

我的力量渴望爱情　谨防我的力量！

要知道我的力量
我如同是时速五十英里的力量
我剪指甲用一柄红色的力量
在公车上我扛着巨册的西班牙力量
我爱的那个姑娘是一只山羊发散着金奶酪的力量
整个春天我浑身都是没力量

但我的使命是狂暴！
我现在要告诉你上帝的种种失败
上帝的不合理性
这么说也有点不公正
不是上帝把力量弄得无法忍受　是爱
对权势　产业　枪炮　保护权的爱
人保护人躲开人　这就是爱
善没有意义同情没有内容　这就是爱
"**想**"标志永远不会给"**梦**"标志让道　这就是爱
我们准备着跟榴弹炮开战　这就是爱
但这从没变成我的"爱"
感谢上帝我的力量

我是谁　竟在这里歌唱权力

我是尼加拉瓜的那条硬胳膊吗
我是在克莱斯勒车队里穿着红绿衣服吗
我厌恶我的人民吗
税收方面又怎样
他们会因为税收饶过我吗
我是不是要在跑马场被枪杀——他们不正在策划吗
我的雕有群马的纪念碑在月光下映得雪白!

我是笨笨老爷龙舍兰酒大人而不是一个力量吗?
不我并不歌唱专制的力量
专制社会的欢呼是恐怖力量的象征
在屋里我收集了足够的汽油和证据
可为专制者提供用之不竭的力量

我不称颂具体的力量而是具体的生命
也不正式声讨任何形式的力量除了死亡的力量
死亡的开幕式是一种荒谬的力量
生命是至高力量
无论谁伤害生命就是力量甜品店里的便士糖
无论谁抱怨生命就是力量动物园里的花花怪物

生命爱好者应荣获力量的奖赏
他们不需要在力量的奥运会蹦跶也不用证明朝圣

在这虚弱领域人人都是一个快乐的力量侦探

力量
什么是力量
帽子是力量
这世界是力量
感到害怕是力量
如果没有了力量那诗歌是什么
如果没有了力量诗歌就是无力的
守在一个街角落等待一个没着落就是力量
天使并不像看外表那么有力量而且根本没有外表
力量会让我变得平庸又令人难忘吗？

力量是力量不足
力量是发生的事
力量是没有身体或灵魂
力量是可悲基本原理
力量是通过软弱来取得
柴油机并不说明力量
力量之中没有毁灭
力量是不能从一架飞机投下来的

对力量的渴望是吸水的沙

我不要歌力量

我不要梦力量

我不要开汽车力量

我要我要我要力量!

力量是没有酬劳

力量的天使们带着复仇的奖杯下来

他们要求有酬劳

人们啊!你们的力量在哪里

力量的天使们正带来了他们的奖杯!

我是力量的使节

我走过恐怖隧道

在胳膊下面夹着力量的公文包

看看我

力量的相貌就是如此

我已经来调查你的力量储备——它在哪儿

它在你心里还是你钱包里

它在你厨房洗碗池底下吗

漂亮人儿啊我记得你的力量

我没有忘记你在巴伐利亚的雪中

带着曳光弹和卡宾枪滑下沉睡的乡村

我没有忘记你在飞机上搓着油乎乎的手

对重磅炸弹唱着你淫秽的名字
不！我没忘记你用棕榈树伪装的火箭筒
紧扣在一个黑人的肩膀
瞄准整个装甲车里的雅利安人
我也不会忘记手榴弹
它散播的恐惧和惊慌
充斥你兄弟的战壕
你就是力量　漂亮人儿啊

在游乐场上我写着这首诗感到背后中枪
想要改变力量的老含义
想要给它新的含义我的含义
我垂下我不寻常的头对一切为善的真喜悦哑口无言

我奇怪地发现自己现在无力了
摇摇晃晃走向我童年时的那些虚弱孩子
如今他们是不是在宇宙大工厂变成小小人
他们是不是在那里挤压着空气
通过枝枝杈杈的长管道泵出他们凶巴巴的亵渎话
我看见他们高高栖在上帝的架上
啄着这个既定的半球像一块面包渣——
哦上帝！是什么说出的诅咒把我领向他们
像一个战俘……

永世中的那些不祥的嘎吱声是他们忧伤的步伐?

在游乐场上我多么无力
秋千都像巫婆对我呼呼
滑滑梯像恐龙舌头伸到我不寻常的双脚
好让我在街上行走时有两个不寻常

———1956

1958———
力量仍在我身上!是谁让我总有力量?
我是不是被塞进力量那疯转车轮的灰熊肚囊
我是不是要永远这样　头在里　腿在外
像一个尤利西斯的水手在波吕斐摩斯的嘴里
我是力量推动?我　力量上脑?
说白了我到底有什么力量!
蜜蜂被黏在甜蜜力量的糖浆——
蜘蛛在它极地纱网的中央
具有一种异界飞蝇力量——
美美午觉在敬慕中怀抱着所有惬意残忍力量——
高耸的熔浆像一场玻璃雪崩永不结束的蛐蛐响
力量——

鞠躬肃静的斯宾塞式俗艳的编年史家

想必有可能是我的力量——
只要我以冷冰手指的诗艺奏响火烈弦琴
一种醇美的力量带给我一个天堂上的结论如阳光
般宜人——

空荡荡的田亩曾经在神话中变成牧歌
如今被抛弃给人类的诚实而又无助
花叶纹长生药正适合我的力量——
但我的力量我凭着我自己帮助建立!
那大坏狼披着晦暗神圣伪装的力量逼近
都是我的!都是光明灿烂绵羊力量!
那林中大学士媚眼撩人的稀有视角从
香膏巨册的史诗中骄傲害羞空想我的力量!
那手榴弹幽默从舱口投进
一身铁甲装备我的求婚小把戏迎来末日力量!
哦乐起来我的人类闪光力量!
乐吧它的步伐迈向大街!
哈哈!连窗里的钻石都妒忌!
力量的孩子是笑声!

十月你养肥忧郁和诗歌的月份
它不再是你的悠扬的墓地空气
你的夜里拔扯的柏枝

你的可爱的死月亮
这是我的十月！我的力量！
洋溢着一个喜悦一颗火花一声笑
把我的悲哀和所有的悲哀投向地板
像一个开枪的侦探

军队

我屡屡看见别着双枪的巴顿的鬼魂
在密室里鼓捣战争　白头发的疯子
他的胖拇指拿着小孩玩具强求暴力。
他恨上帝他用炼丹加农炮瞄准它!
中了套的天使们(像酒气醺醺的烂布)被他下令屠杀
被他那些极度醉汉的集团军
挂起来(可不像亚历山大把它挂得那么舒服)
像上帝的炸弹弄脏的空气里的烂布。
然而……那些死得最周到的
会去恶狠狠地欢呼任何一种大衰落
记住,
哆哆嗦嗦的贵族们　注定的
要笑着宰掉苍蝇。

我想起战争神话的战争
从游唱诗人皱巴巴的嘴里流出
战争玷污眼泪
提升可怕的不义
在高贵言谈中插入抱怨
把全世界的婴儿头发变白

战争变得疯狂
放逐瘦瘪的公牛　折腿的猪　拴绳的天鹅
战争喝黑莓酒
战争在丑恶的农场窝棚后面尿尿
战争战争战争
战争：一段福佑的时刻
从上帝的天堂偷来。

我离开想象的军队
被悔罪的大阅兵抓个正着
我的肩膀扛上一杆叫刮刮的枪——
我开进即时战争
我的勋章就是笑脸
我的手里持有来复枪许可证
啊下次战争在哪里？我站在门槛上
我戴军用手套的指节可怜地敲着门板，
挑衅和平之门；
雅典娜需要我的不体面。

我走上一个旧炸坑
我一路被铁塔般阴郁沉思的将军们包围
"嘿！"我叫道，"嘿这就是将军们的悲哀！"
我在艾森豪威尔怀里靠了一会儿就睡着了

然后梦见一颗巨大的炸弹已经死去,
它的死亡叽叽嘎嘎成了传令官
在我人类床的胸脯上。

我跑进战争的被炮轰的魂魄
尔热夫北部
在斯大林格勒的土丘
快过德军总参谋部
从罗斯托夫逃离(慌乱的)
唯一出路刻赤海峡
哪儿去了?哪儿去了?
跨越克里米亚
——像一只孤独黑暗湿淋淋柳条筐子。
哦顿河盆地
伏尔加河
顿河的大湾
将军们瓦图京、戈利科夫、库兹涅佐夫
列柳申科 ①
我怎能爱上军队?
鸽群咕咕说这可不成!

---

① 瓦图京(Vatutin,1901—1944)、戈利科夫(Golikov,1900—1980)、库兹涅佐夫(Kuznetsov)、列柳申科(Leliushenko,1901—1987),均为二战时苏军将领,参与了斯大林格勒和乌克兰的战役。

我一点也不知道怎样让一个年轻人去死
（也许用军队）
一颗简捷的子弹瞄准心脏
永远不能把年轻人跟年轻分开
（也许军队能）
哪怕都戴了钢盔
谁能爱上军队？
（军队）

军队走过战场就没有撤退
军队跪在倒地的男孩们面前然后
满嘴枪药味儿地狂欢
军队喜欢地上的象形文字
青春的诗一般的碎片。
我怎能爱上军队？

我躲在散兵坑里
偷偷画着妈妈的头像
我知道我不过是一个笨孩子在这里等着给人射
但我一点都不知道想要我死的人是谁。

他们说射那个男孩我就做了。
我也喜欢从远距离射他

他们让我用手枪顶住他的脑勺
我就大哭起来
但军队招来管乐团
（它的声望和士气补给品）
于是我的哭声很快变成了歌声。

战争给我一个机会
去心怀感激地呼吸空气
   是奇妙的
让我可以想跟我的漂亮头发死在一起
   是不被禁止的
让我可以不再梦见简妮或者我的猫
只梦空中堡垒
   是可原谅的
让我可以撕烂年轻人的脸
让我可以烧焦他们的头
让我可以给他们一对冒烟膝盖
让我可以
军队你肮脏腐烂的——哦我的心！
我知道你会喜欢跟我交朋友的
以及我的战友们
但我却不！
今夜当攻势呼啸的时候我们变回婴儿

我不喜欢听他们子弹撕烂地告诉我:
"死亡是一种耗灭性的黑暗" 多没劲啊!
我已经在你所有的其他战争中听过。
但我从死亡的手中接过的第一个兄弟多么可怜
他,用血性的话,说:
"一个士兵不能死一个独一无二的死是遗憾的。"

隆美尔率领好莱坞越过撒哈拉
蒙哥马利逃了!
朱可夫扑通扑通进入柏林像卡拉卡拉的浴室
隆德施泰特藏在炸毁的歌剧院
他的亮堂皮靴在吉尔利的后屋盖满灰尘
古德里安流着泪检查他的情人坦克①
艾森豪威尔拔出阑尾
因而统领健康的富有的和精明的一整个摊子!
并一步又一步远离"阴影麦克阿瑟"
在热带水域浸湿他的膝盖
让七零八落的佛陀的孩子们漂过他的鹰标肚脐眼。

---

① 卡拉卡拉(Caracalla,188—217),罗马帝国皇帝,暴君,曾屠杀日耳曼人。隆德施泰特(Karl Rudolf Gerd von Rundstedt,1875—1953),二战时的德军西线元帅。吉尔利(Beniamino Gigli,1890—1957),意大利男高音歌唱家。古德里安(Heinz Guderian,1888—1954),二战时的德军装甲部队总司令。

集团军！先遣团！守备队！
不管他们去到哪里他们战争
手拉着手
他们的诺言是相互的
他们的心是有缺陷的
不管他们去哪里他们屠杀
有些还带着日记
有些，诗集
人人都念着一个神圣的祈祷
军队的神圣祈祷
神圣归于巴顿大主教他率领我们
进入战争的弹子房和妓院！
神圣归于巴顿大主教，他从不反抗尼布甲尼撒！
他率领我们如父如他妈的如狗日的冲向
死亡！死亡！死亡！死亡！死亡！
子弹打进我们的蓝眼睛，神圣归于巴顿！
手榴弹打进我们的肚子，巴顿！
坦克压过我们亮丽的金发！
哦竖琴死亡和你铿锵的竖琴，听吧！
神圣归于巴顿他把群山赐给死亡！
军队！军队！军队！军队！

1959

非涵盖之年——我看不到生活的意义。
尽管这已赋能力的自我仍旧存在,
既不能换取黄金也不能换得文通句顺,
我丢开造轮者的简单原理——
为什么编织花环？为什么敲响门铃？

悭吝的屠场这些臭名昭著的人性之年,
这些满怀信心的诞生这些明明白白的死亡这些年月。
再无神秘。
冰冷的历史不知道亚特兰蒂斯的王朝。
惯常的神话只有一个要退出的渴望。

在这种神圣语言中没有生活的意义能被找到
也不能超出诗歌编造者的必不可少的主题
在可憎的寻找中能找到的范围——其中根本没东西可找。

五花八门的死亡阴谋！哦这可怜的盟会——
寄愿者和探求者们对着意义陈述意义,
并入一些可能很有意义的,一些可能毫无意义的。

重复的噩梦,涕泪涕泪——
一团火在一个洞室,一场浓雾,褴褛的桅杆,
网子拉上了——那无法形容的怪物落网了。
是谁说过红肉皮管塞住了?
因为有人用光滑的手拿着钳子
掐掉了喷嘴——它死得像一个哈欠。
肝袋子被拔开的时候
我不能随它下到锅里。

我不能随它下到锅里——
我醒悟了汽车的现实性;哦
这景象的恶心的特权!
所有古代派系都不再留存;
埃及,罗马,希腊,
以及诸如此类谱系的梦想消失了。
汽车是真实的!永恒是注定的。
来自虚无的威胁翻新了。
我触摸那未被触及的。
我排列玫瑰斗士。
否认,我否认年纪的味道和习惯。
我是它的腐朽堕落者⋯⋯一个粗暴的嘲讽
谋求继承那些必然要丧失的东西。

撒谎！撒谎！撒谎！我撒谎，你撒谎，我们都撒谎！

根本没有我们，根本没有世界，根本没有宇宙，根本没有生，没有死，没有无——全都毫无意义，而且这同样是撒谎——哦该死的1959！

我一定要在这可悲的概念中榨干我的灵感吗？

我一定要在幻象中安生

并且不说我比上帝更理解事物吗？

选自《人万岁》(1962)

人
原为一首长长长诗的序章

他的专长范围是历史,古老且具有讽刺性;
不是现代史,未完成的暧昧的——
阴冷潮湿的凶猛的雷鸣电闪的日子;
可怜的穴居人,洞外那么恐怖,
它的力量和美那么吓人,
造出一个有限,并称之为有限的上帝——
细胞,鱼,猿人,亚当;
第一个人生了什么?
为什么他不继续用这种方式生下去?

空气他的燃料,愿望他的引擎,双腿他的车轮,
眼睛是方向盘,耳朵是报警器;
他不能飞,但现在他做到了——
指甲头发牙齿骨头血液
尽在肉体交融;
心脏感受着生命的一切
并最终感受着死;
双手的形态和动作都那么巧妙;

眼睛是眼睛；
阴茎是一条魔杖，
精囊比春天更丰盛——

我不知道他是亚当的后裔
还是猿的亲戚，
没人知道；多美妙的一个推动力之谜啊——
我可以想象有一个灵魂，灵魂离开身体，
身体就交给死亡，死亡不过是一种卫生术；
我可以惊叹这世界是灵魂大工厂，
灵魂穿上身体就像工人穿上连衫裤，
营造，拆除，重建。
那人会"觉得"灵魂是一个巨大的怪异奇妙的东西——

一开始就有了语言；人已经会说话——
犹太人，希腊人；而混乱在其后摸索；
崇高的庄严者在歌唱；瞎眼的天使在奏琴
弦声铿锵里没有连锁反应带来世界大战特洛伊战争，
没有不和女神厄利斯来否定结婚资格；
没有人在我的战争里得到赞美，战争已经丧失了
传奇性——
《圣经》歌颂着荣光照耀的人；

了不起的犹太人啊,人从你的源头苦苦发芽,
是你第一个说出了爱,哦伟大的幸存者;
希腊人去了,埃及人全都消失了;
你的约书仍旧深藏——

人的堕落在贝多芬面前是一个谎言,
在希特勒是一个真理——
人对生命是胜利,
而基督对人是胜利——
宇宙之王就是人,众神的创造者;
他一无所知只知道自己
当他知道了自己他就能做到最好;
他作为自然中的一个生命存在
并支撑现存的一切事物;
他的梦想能超越存在——
大朵玫瑰?
简单的蜜蜂并不这么想;
人歌唱的时候小鸟恭从虔敬;
什么历史能让鲸鱼帝国歌唱?
什么天才蚂蚁敢脱离蚂蚁状态
就像人敢脱离人状态?
阿伽门农王!必死之人!
啊,永垂不朽——

亲爱的姑娘

当人们一致地
抛弃了拉斐尔前派的家具
也不追求日本式的疏朗
我找了一处房子
准备跟你一起吃跟你一起睡

但当被征服的灵魂打破了自由
并显出一种新光
谁还来照料那些小猫呢?

当我发现他是一个无名的坟

孩子们孩子们你们知不知道
莫扎特哪里都不能依靠
比如他
尽管坟墓很多很多
他却没有一个

在一列德国火车上

从快速移动的车窗
我向路德维格国王的城堡开去
我望着大片重复不断的树林
看见一只白鸟正飞得又直又低;
它多不寻常多平稳啊
跟列车的速度相当
——但突然我听见两声爆响①
回荡在空中;
那只鸟不见了。
列车慢慢进了一个站
人人都望着窗外,
"它在那边!那边!"
就在一角落
那么平滑那么光洁那么沉默
一架白色的美国喷气式战斗机
坠毁在滚滚黄烟之中。

---

① 两声爆响是射出弹射座椅让飞行员用降落伞逃生而发出的。——原注

在欧洲的感想——1959

如果从没有一个能回的家
就肯定有一个不能回的家
作为一个流浪儿我小时候就明白了
我睡在地铁上
而列车总是停靠在我刚逃出来的那个家
哦这正是最苦涩的悲哀

如果我做点别的又会怎样
跑到每个人跟前
摆着一个大笑脸说：
"祝你万事如意！"
或者跑进一个满当当的餐馆大叫：
"祝大家胃口好！"

当战争结束的时候德国女人
在瓦砾堆寻找她们的男人
而老人在瓦砾堆翻弄他们的家私
他们难道不会看见四条腿的万字符
像一只虫子在瓦砾堆下面推攘
孕含着和平？
十五年过去了，今天，

似乎德国的孩子们并不吝惜
那个瓦砾堆的悲伤。

墙上还写着其他东西
脏话能比"卐"更惊人吗?
还有一些比如"**美国滚蛋**"
"**阿尔及利亚是法国的**""**记住匈牙利**"
它们真的比"**脏话**"更厉害吗?

而希腊是一个绝妙的国家
当然我在那里并不绝妙
因为人就是要到一个快乐的地方受苦
如果他已经快乐了实在太快乐了
那就到一个不可忍受的地方。

两个季度的爱

曾经在荒野时代
我对我的淘气有轻盈的笑

曾经她张开怀抱
用亢奋的温柔搂着我

我笑啊
她笑啊

我们的激情超过了
那些严肃时的排斥感

她命我闭上眼睛
去观察一些厉害的美景

奔腾的冰
冷冷的脉

冰天冰夜的记忆
她对我说永远再见

一个月后
来了一封没有回邮地址的信

"我有一只雪枭
它爱你它爱你"

朋友

朋友不断
朋友增加
即便朋友的失去也是朋友的不断增加
他没有敌人他把他们都变成了"朋友"
朋友可以为你死
熟人永远不能变成朋友
有些朋友要做每个人的朋友
也有些朋友让你离开朋友
朋友用复仇来信仰友谊!
有些朋友总是要讨你欢心
有些总是要跟你"**亲近**"
你不能对我这么做我是你的"**朋友**"
我的朋友罗斯福说
让我们做朋友吧苏联说
吝啬鬼知道快乐就是没有朋友的圣诞节
利奥波德和利奥伯在夜里策划![①]
"还有你呢布鲁特"[②]

[①] 利奥波德和利奥伯（Leopold & Loeb），1924年两个不满20岁的白人少年将邻居家黑人小男孩绑架并杀害，但口若悬河的著名律师达罗为他们开脱了罪责，是20世纪的美国著名案件。
[②] 还有你呢布鲁特（Et tu Brute），拉丁文，是恺撒临死前当众谴责其友布鲁特参与暗杀篡位阴谋时所说的话。

我有很多朋友但有时我不是任何人的朋友
主要的朋友是男性
姑娘们总是更喜欢男性朋友
朋友知道什么时候你有麻烦
这正是他们的渴望!
友谊的锁链是不能拆散的
那些没有朋友却想要的人经常是恶心的
那些有朋友却不想要的人是注定的
那些没有朋友也根本不想要的人是了不起的
那些有朋友却还想要的人真是可怜人
有时我大叫"朋友"是奴役!是疯狂!
都是"**个体**时代"的废物——
没有朋友的生活应是别样的没有痛苦的
难道人上了天堂还需要朋友吗——

万圣节前夜

孩子们和其他怪物们
等着他们的翅膀
看着黄叶和红太阳下落——
于是像一堆一堆草垛
来了十月的大船
那是满满的一船苹果
现在天黑了
现在海红了——
用橡树疙瘩似的手
在南瓜龇牙咧嘴的火光里
翅膀制造商带着贞节的麻风病在缝纫
他的夜枭冷眼盯着扫帚
那只龌龊猫跟往年一样没来由地恐惧
在一个小小的黑角落里哆嗦
    整栋屋子都听见

群星

创世之孔的中心
迫近的光中的应急出口
空间之非造物闪现
——逼真的化石嵌入了黑夜

种子的旅行

他们一路出发
不管去到哪儿
都有树木长大

坚果被健忘的松鼠忘掉
又变成更多的坚果
刺果粘上小动物的毛皮
而花粉在风里撒播

但有些种子
面包是他们旅行的终点

补救措施

糟糕的烂醉之夜
会带来糟糕的沮丧白天

昨夜我浑身恐惧
无论我或这世界全都很糟

今天在狂风暴雨中
我站在普特尼桥 ①
把乐兹脆饼抛给下面的
天鹅、野鸭和海鸥
给自己一个安慰：
　　　　白天也好晚上也好
　　　　你们全都很好

---

① 普特尼桥（Putney Bridge），在伦敦泰晤士河上。

动物园的差异

我去过布鲁格旅馆
在这里我想象自己唱着"万福玛利亚"
   给一帮泛白的木制小精灵。
我相信有矮精,有侏灵;
我相信老妖会从良,
可以带蛇发女魔去肯尼思家;
求宙斯给波吕斐摩斯一只新眼;
而且我感谢所有活过的人,
感谢这世上的生命
   为吐火兽,滴水兽,
   狮女兽,狮鹫兽,
   咕噜小矮精——
我唱起"万福玛利亚"
   为泥头怪,为树头怪,
   为牛头人,为鹭头人,
   为人头马,为人头羊;
我召唤它们一起来到我在布鲁格的房间,
狼人,吸血鬼,弗兰肯斯坦
所有想象中的怪物
然后唱"万福玛利亚"——

这房间要撑不下了!
我来到动物园
哦感谢上帝还有简单的大象。

希腊作品选

致比尔·巴克和波特曼小姐

在某种意义上

今日希腊人

并不喜欢雅典卫城

因为

它凌驾在他们之上

仿佛嘲弄

仿佛拘禁他们

在一个"你不能做得比我好"的

   深渊

不管他们从哪一种角度

去观察

历史的标记

   总是不可能避开的

艾森豪威尔总统

来雅典访问的时候

他乘了一架直升机

飞过卫城上空

还往下俯视

就像宙斯从前做的那样

我跟一个犀利的英国人说起这事儿
他答道：
他是走运的了，他总算飞了过去
　　　不像伊卡鲁斯 ①

菲司都司是一个村庄 ②
有二十五户人家
和一个酒馆
我的朋友和我在那里喝酒
还有一个全世界最高的希腊人
他看来已经快六十岁了
但他的脸膛还像一个健壮的年轻王子
我们都不会说对方的话
只是喝酒再喝酒就这样我们无所不谈

我懂一点点德语
我的同伴懂一点点希腊语
酒馆里的其他人又懂一点点法语和英语

---

① 伊卡鲁斯（Icarus），古希腊神话中他和父亲以人造的翅膀飞离克里特，但最终坠海而死。
② 菲司都司（Phaestos），古希腊克里特岛文明以菲司都司宫殿遗址为代表。

"他杀了二十个德国军官"
"但他不杀士兵"
"他说士兵是年轻人是好人"
"现在战争结束了没有军官了
　　　　他就不开心了"
"他不开心是因为村里忘掉了
　　　　他那些壮举"
他叹了一口气好像是说:
那都是过去的好日子了

喝了那么多我得上厕所了
我的朋友和几乎所有的人也想去
但这里没有厕所

于是出到漆黑的夜里我们晃晃悠悠
背朝酒馆脸朝天
当场
在我所见过的最璀璨的星空下
我们尿它个波澜壮阔

忙碌的夜

一只跗猴喻示史诗之雨的终结
埋葬虫费劲地拖着一只死鼠
蛾子,才几秒钟大,从蕨上摔下来
蝙蝠正饮着花蜜
孤独的貘走入河底
美人鱼浮出水面,鼻子上有
   一只海葵

声音的赛跑

声音在举行一场比赛有爬的挪的游的踱的

各种声音拔高成咆哮紧跟后面是门口的关闭野兔的砰砰踢

然后接着一路下去是幽灵的嚎叫

群鸟的嗡嗡现在各种声音正是并驾齐驱

还有葡萄藤的爬呀企鹅的挪呀

鱼游暂居第三然后进入里圈有滚雷和炸弹进入后半直道有棺材砰砰原木骨碌棕榈摇摆

各种声音都在抢先啊抢先啊喘气啊吸气啊说话啊唱歌啊完全放开了手脚只要坚持坚持

不知道从哪里来了猫的嚎萝卜的嚼

一只吱吱嘎嘎的鞋挑战领头位置哦这是什么比赛呀!

那边又来了一根别针的掉地一只鹦鹉的咳嗽

玻璃的砸烂还有一块痒痒肉的挠啊挠啊

全都狂了!喊啊踢啊跳啊

——那么狂所以他们赢了比赛

作于波多黎各人街区的台阶上

有一个真理限定着人
一个真理防止他走得太远
世界在改变
世界"知道"它在改变
沉重的是每日的哀伤
老人有一副厄运的脸
年轻人误解了他们脸上的宿命
这是真理
但不是"全部"真理

生命是有意义的
而我不知道这个意义
甚至当我感到它毫无意义的时候
我许愿我祈祷我寻求一个意义
并不总是欢快的诗篇
有些账是要付的
召唤着死亡和上帝
我有一个狂妄的心愿想扳倒它们
死亡已证明没有生命则毫无意义
世界是在改变
但死亡仍旧是同样的

要把人从生命那里带走
他只知道这叫作意义
通常都是一桩可悲的活计
这个死亡啊

我有一个天真我有一个严肃
我有一个幽默把我从业余哲学中拯救
我能够驳斥我的信仰
我能够能够
因为我想知道一切事情的意义
然而当我坐在这里像一堆垃圾
哀叹着：哦，多艰巨的责任
我放在你格雷戈里身上
死亡和上帝
太难太难太难了

我明白生命不是梦
我明白真理会伪装
人不是上帝
生命是一个世纪
死亡一转眼

他们

他们,未命名的"他们",
他们已经把我打掉
　　　　但我爬起来
我总是爬起来——
我敢发誓在我倒下的时候
　　　　常常是我在享受这种坠落
什么都不能移动一座山,除非它自己——
他们,很久以前我把他们叫做我。

致——

多么恶心的珠疣
　　　　像一只十吨蛤蟆
趴在生活的烂鼻上
　　　　呼噜着熔融的超级脓包
甚至还准备跳上地面
　　　　溅得我们全身都是

炸弹是一个诱饵
我已经看到麻醉品的恐怖
　　　　在吃掉时间
他们都是忧伤的
忧伤主要因为生活是不足的
他们病蔫蔫地忧伤
而麻药是一个污烂的护士

危险

因为我麻醉品变得——
不管你怎样的安全措施
设计什么方法和方式要赶开我;
这里不能出,这里只有进,
你只能进入危险——

不管你满世界地弄上标志:
"小心""禁止入内",骷髅头,
"危险莫触"——
我的财产只有悲伤!
不砌围墙
也没有警告牌——

阔别三年后的纽约第二夜

我很开心我醉得发飘
街上黑黑的
我向一个年轻警察招手
他笑了
我走过去然后像一股融化的黄金
跟他讲起我狱中的青春
讲起那些罪犯是怎样的崇高和伟大
讲起我怎样刚从欧洲回来
那里给我的启迪还不到监狱的一半
他认真听着我认真说着
毫不掺假件件属实
而且幽默
他笑啊
他笑啊
这让我开心极了我说：
"作为赦免，亲亲我！"
"不不不不！"他说着
　　　　连忙跑开。

作于三十二岁生日前夜
细细考虑的自发诗

我三十二岁了
终究要面对我的年纪,否则也不会再有。
它是否还是一张好脸如果不再像一个孩子的脸?
它显得胖了。还有我的头发,
它老是这么皱巴巴的。我的鼻子太大了吗?
嘴唇还是一样。
而眼睛,啊眼睛总是越来越好看。
三十二岁,没有老婆,没有孩子;没有孩子的麻烦,
　　　　　尽管我有的是时间。
我做事情不再那么蠢了。
但也正是这样我要听所谓的朋友说:
"你已经变了。你从前多疯狂多了不得啊。"
如果我严肃起来他们就不舒坦。
让他们去广播城音乐厅吧。
三十二岁。看遍了欧洲,见过几百万人;
　　　　　有些真了不得,其余的糟得很。
我记得我三十一岁的时候还在叫嚷:
"想想吧,我还得再活上三十一年!"
我现在不这样看待这个生日了。
我怕我是要变聪明了要长白头发弄一大堆藏书

　　　　　坐着大靠椅挨着壁炉。
又是一年没偷什么东西。
已经有八年没偷东西了！
我不偷了！
但我还经常撒谎，
还没羞但又羞愧地
　　　　去问人要钱。
三十二岁出了四本坚硬真实有趣悲哀低劣精彩的
　　　　诗集
——这个世界欠我一百万。

我觉得我有一个非常怪异的三十二年。
这与我无关，一点关系没有。
没有可选择的两条路；如果有的话，
　　　　我会毫不犹豫同时选两条。
我倒是希望"机遇"在我按铃的时候发生。
没准，那个暗示就是我不知羞耻的宣言：
"我就是一个例子可以证明世上还有灵魂这样的
东西在呼唤。"
　　我爱诗歌，因为它让我爱
　　　　并带给我生活。
当所有的火熄灭在我心里，
还有一个像太阳燃烧；

尽管它不会构成我的个人生活
　　　我与人们的关系，
　　　或者我对社会的行为，
但它告诉我，我的灵魂里面有一个阴影。

选自《悲情亚美利加》(1970)

悲情亚美利加
致记忆中亲爱的杰克·凯鲁亚克

1

多么密不可分，你和你见过但从未出现过的那个美国；你和美国，就像树和土地，都是同样的关系；但又多像一棵棕榈树在俄勒冈州……夭死于开花之前，像一场极地的飞雪徜徉在迈阿密——

多么矛盾，你已成为或期待成为那个，而那个美国却不，那个美国你见过但不能去看

如此相像但又不像你源自其上的土地；你矗立在美国就像一棵无根的平底树；对松鼠来说这里没有在地上蹦和在树上爬之间的离异……直到它看见了没有橡实的秋天，它才明白两者之间其实根本没有婚姻；多么的无果，多么的无效，这令人悲哀的自然的非自然；难怪黎明不再生产一点喜悦……因为地球和太阳能得什么好处呢，既然它们之间的树木一点好处都没有……这密不可分的三一体，一旦分裂，变成冰冷的没有结果没有意义的划了三个叉的一具被彻底截肢的

尸体……哦屠夫，猪排不是猪——这亚美利加异种在美国就是一段割裂的切片；就连这首哀歌，亲爱的杰克，也要有一棵被屠宰的树，一棵打成纸浆的树，这样它才能被容纳——难怪没有好消息能够在这样的坏消息上书写——

多么异质的自然家园，没错，没错，多么该死的树，既然土地已陌生，冰冷，不自由——风都懂得不要把红杉的种子吹到从没有树能成活的地方；没有棕榈被吹到俄勒冈，多明智的风啊——明智得就像先知的送话员们……能领会派遣地点的肥沃程度，哪里能让特定的预言得到应有的传报和回响——小麦的播种者不会把种子撒在野蔗地；至于福音的送话员也同样要找对了耳朵。而那个派遣，是小小的列支敦士登，不是美国……当然了我们也会说列支敦士登话。

我们从美国所得的并不如美国从我们所得的声音那么多；很多人在对美国说话，仿佛美国在地权上是他们的，在法权上是通过财富和遗产的唯物论政变而确凿明定的；就像社会中的一个公民居然相信自己是社会的拥有者，他对自己做了什么他就对美国做了什么因而当他说到美国的时候他就说到了自己，而且时不时地总会有那么一个他恰好被选出来作为他所代表的东西的代表……一个美国的一个阴暗的自我

因而很多爱国者说到美国的时候就深情款款地说起

他自己，如果你不欣赏他就是不欣赏美国，反之亦然

真理的语言是美国的真语言，但它不可能在《每日信使报》让人发现，因为那上面的声音是一个被控制的声音，极度地固执己见，同时又为轻信所左右。

难怪我们会发现自己是无根的……因为我们已经成了那些根须本身，——谎言从来都不能扎根并在一个阳光的真理之下生长然后在那里挂满真理的果实

呜呼，杰克，看来我不能只哀悼你却不哀悼美国，至于这种哀悼我倒不敢指望，因为只要我还活着就不会有哀歌献给我

因为尽管树会死但树会重新生出来，直到树永远地死掉并且再也没有一棵树重新生出来……然后土地才会跟着死

你是那视物的眼，那感动的心，那歌唱和呼喊的声音；只要美国还活着，尽管老凯鲁亚克此残躯业已殂没，你仍旧活着……因为我们真正是一个没有死亡为其结果的预言时代……因为随我们而来的真正是刺客①时代，而他们会怀疑你的最后遗言："在我身后……洪水滔天"

---

① 刺客（assassin），本意为大麻吸食者，原指一个以刺杀为手段的中世纪伊斯兰激进教派，他们行动前吸大麻并相信牺牲后可上天堂。参见《作于1963年11月22日的诗行》。

啊，但这会是季节的问题吗，我不怀疑树的重生，土地本身不能站立但为了什么好处却让我们站立其上——没错，树会按季节性的时间倒下，因为这是大自然的习性，这就是为什么有土地，有倒落，有缓慢但却稳定的分解，直到每一棵树都化为它曾矗立其上的每一寸土地；然而如果倒下的是土地……啊，那会怎样？对自然而言这是无法回答的，因为从来没有土地会在哪里倒下并落定，它不倒落，甚至也不上升，毫无方向，但又以何种条件，以何种状态，合成物开始其分解？

我们原奉美和真之名来世上传报人的灵魂；但如今这灵魂在嚎叫，因自然之故一切事物的严重失衡，自然的……难以捉摸的大自然捕捉器！就像手中的一只鸟，上了挽具装了引擎，按非进化论的实验和科技的方式

是的尽管树已在土地扎根而土地被翻过并在这种强制性呕吐状态中喷出已成化石的死亡之树的剧毒瘴气百万年历史的树油和恐龙时代的脂肪死了的去了的竟统统都重回到地面并在我们呼吸的天空上逛荡制造一个个污染的狂欢会

多么希望那个美国紧密地具形于你，哦朋友，当完全相同的酒精将他那个美国的你的兄弟红种人非具形的时候，你们非具形化了——有一个阴谋要霸占他

们的国，我们明白——然而有什么阴谋能霸占一个人的灵魂中不可霸占的国？你那个异象性的美国是不可能非异象化的——因为即便灵魂之窗的帘布被放落，曾见过的一切仍旧保留……灵魂之眼仍旧看见

是啊，那个美国如此紧密地具形于你，如此确切地植根于斯，是全部人性的一个活生生的具形体，年轻而自由

然而尽管这崇高的救赎之树已开花，却不完满，却不全然地稳固，尚有那些忧伤而衰老的为黑暗者，他们正是要让它倒落；他们砍呀伐呀然后举目望去……再没有什么完满而年轻而自由的还能够真正地留在那里矗立

确有过这样的树曾如此年轻……曾如此被人放倒，然后不再重新升起再倒落第二次，于是该到了土地的倒落，洪水降临并把它冲刷成碎片，干净彻底永永远远，就像一阵风再无处吹来也无处吹去

2

"多像克拉克·盖博[①]的手啊你的手……"（1956年墨西哥谈话）——这双手如此强健并在墨西哥晒黑，在美国劳碌，我知道这双手会造就，会担起保护和关爱

[①] 克拉克·盖博（Clark Gable, 1901—1960），美国电影明星，他的手比较大。

你总是在谈论美国，而美国对于我永远是历史，沃尔夫将军①躺在土地上死在他鲜艳的红制服里被一个蓝制服的摧毁然后挂在教室墙上挨着我们的国父在胸口部位被涂上一团乌云……对，我们所有的就是一部美国史，而一个历史带着一个未来，确实如此；

多么迫切，我们总是在寻求一个惠特曼，一个希望，一个美国，一个永远像个美国样的美国，绝不是一个对之或向之歌唱的美国，而永远是一个满怀希望地为之歌唱的美国

我们所拥有的只是一个过去的美国，以及我们自己，这个现在的美国，哦我们多么重视过去！哦学校教室里的大谎！独立战争……我们所得到的只是华盛顿、里维尔、亨利、汉密尔顿②、杰斐逊，以及富兰克林……但从来不提内特·培根、塞姆·亚当斯、佩因③……他们与自由有何干系？就是不能得到自由便

---

① 沃尔夫将军（James Wolfe，1727—1759），驻加拿大的英军司令，在魁北克战役中大败法军，自己也重伤身亡。
② 里维尔（Paul Revere，1735—1818），美国民族英雄，1775年4月18日他向波士顿义军报告了英军进攻的情报。亨利，指美国政治家帕特里克·亨利（Patrick Henry，1736—1799），在南方的弗吉尼亚州领导革命，并有"不自由毋宁死"的名言。汉密尔顿（Alexander Hamilton，1755—1804），美国政治家。
③ 内特·培根（Nathaniel Bacon，1647—1676），美国独立运动先驱，1676年在詹姆斯敦发动暴乱并焚毁该镇。塞姆·亚当斯（Samuel Adams，1722—1803），美国独立运动先驱，1765年策动波士顿反印花税斗争。佩因（Thomas Paine，1737—1809），美国政论家、作家，他的《常识》等小册子在独立战争爆发前后鼓舞大量美国人民投身革命。

战斗，于是他们获得了自由，他们是他们那个时代最自由的人群；就是不能失去这份自由于是他们拿起武器——然而，然而啊，让我们在此背景下开花的这个季节却是毫无自由的；难道今日有自由吗？不用去听那些红种人、那些黑种人、那些年轻种人的说法——

  刚开始的时候自由是人人都能听见的；并不像塞勒姆①的可怜巫师们所知道的那样；而那个伟大的自由之赞美者，富兰克林，他为每一个天生自由的野孩子的头皮悬赏一百大洋；小皮特赢得了那座兄弟友爱之城②的大多数，竟通过极其无耻的骗局以拐弯抹角的不信任来阻挠他的红种兄弟的信赖的心；而英明的杰斐逊在他蓄养的那些丧失自由的黑奴面前对自由装作多么的无知；因为独立的宣言者们之所以宣布它不过是作为宣布内战的整个计划的一部分

  公正是任何一个自由的人都要期待的；同时公正也是一个最重要的弃儿收容物；赐给亚美利加生命的一顶皇冠，在此之上私有财产和上帝之间的孪生关系才能被确立；

---

① 塞勒姆（Salem），马萨诸塞州小城，1692年该镇先后公审处死了20个所谓巫师，史称"塞勒姆巫师案"，直至托马斯·布拉特对此强烈谴责。
② 兄弟友爱之城，指费城（Philadelphia，原意是"兄弟般的友爱"）。诗中所指事件不详。

多么沉重，那些可怜的土生土长的亚美利加人，那两支被强加的自由的栋柱！

从公正生出一个可变的上帝，从上帝生出一个受命的公正

"主的道路通向自由"，圣保罗如是说……但一个人要的是自由，而不是上帝，能够去追随上帝的道路。

个别地权的正当性对那些人对那些按第一要求权共同拥有此地的人们而言却不是可正当化的

他将众人的地卖给一个人也卖掉了布鲁克林大桥

人类死亡的第二大原因……是财产的占有

没有哪个亚美利加生命配得上一块美国的地产……如果"禁止入内"和猎猎的獒犬还不能让你明白，霰弹枪会的

那么，寻找甜蜜的人啊，美国又在你身上寻找些什么？要知道今日有千百万亚美利加人在寻找美国……更要知道当他们吞下所有那些扩散眼孔的化学品——于是他们看到了更多的并不存在的景象

有人在丛丛乱石的歌中找到美国，有人在革命的迷雾中

全都在他们的心里把它找到……哦它把心死死地绷紧

他们在一个陈旧的难以承受的美国被拘禁的刑期还不算长……那个美国在他们心中被拘役得更久——

这深锁的灵魂已如此残破如此晦暗

那个未被看见只被梦见的美国，在无常中战栗，在心中迷离，向宇宙发送无效的感应，等等等等

你会在他们年轻且忧伤的眼中看出轻蔑……而在监牢正变成理发店的同时，军队永远保留

然而他们不能把飓风从他们眼中剃掉

指望着摩西，没有先知曾抵达梦中的诸国……哦但你的眼睛已死……也没有那个美国真正在你最后梦见的山上翱翔

3

多么相像，我们的心与时代与垂死，多么的迥异，我们的美国不在那里却在我们的无法满足但又充溢着诗歌和希望的哈利路亚的心上

多么娴熟地我们懂得怎样去感受每一个黎明，怎样去"哦"去"啊"每一个金色的悲恸和无助，从这岸到那岸在我们坚定的搜寻中无论怎样的喜悦都从未出现却永远是灰暗

是呀那个美国那个美国从未被玷污并且从未被自由革过命在我们心中从来都是自由的，那个美国在我们心中——非疆界所限非历史所载，我们是那个美国，我们是那个美国的国父，在那个美国你是约翰

尼①种下苹果树，在那个美国我是宣言者，一个不存在的美国，一个将诞生的美国

先知影响国家，国家也影响先知——什么临到了你，哦朋友，也临到了美国，而我们都知道是什么临到了美国——是玷污……是那些污垢，
哦然而如果有人问起你"是什么临到了他？"我说："什么临到了美国就临到了他——两者是密不可分的。"如风之于天空是声音之于言词……
但如今声已消逝，如今词已成灰，那个美国走了，那个星球炸了
一个人可以在自己家里拥有他想要的一切但出了家门就一无所有——对一个敏感的人，一个诗歌的人来说，这样的户外环境只适于让人把家变成一个吊死自己的地方
也包括我们，亲爱的朋友，我们总是把美国带回我们的家——但从不像脏衣服那样带出去洗，尽管它整个儿污秽不堪
就这样带进了家门，深情地揣在我们心窝；我们抱着它坐下来向它倾诉我们对美的梦，期盼它能让我

---

① 约翰尼，指美国拓荒者约翰·查普曼（John Chapman, 1774—1845），他游历大西部，传播苹果种植技术，被称为"苹果种子约翰尼"（Johnny Appleseed）。

们的家变得美好

但却是什么临到了我们对美丽美国的梦,杰克?

你觉得它看起来美吗,它听起来也是这样吗,在它冷冷的电光蓝中?这个美国在你家里,在你的优秀的大脑里呕吐放屁,这个不真实的假冒的美国,这个滑稽画式的美国,这个钉在一面墙上的美国……每天一加仑绝望的威士忌,它带你去看这个美国,用它非具形的眼

但它不看你,它从来都不看你,因为你所见的一切是不存在的,你所见的一切只是嘲笑,而美国则是在嘲笑,这个美国带你进去,带美国进去,所有不存在的都带进去,带进所有的无处和无物,难怪你如此孤独,死得虚空而忧伤而寂寞,你是真实的面孔和声音……却在假冒的面孔和声音面前被迷住——它成了真实的而你假冒了,

哦事物竟如此脆弱

"是什么临到了他?""是什么临到了你?"死亡临到了他;一个骗局中的生活临到了;一个请病假的上帝临到了;一个梦想成了夜魇;一个青年作了兵丁;一支军队开了屠场;父亲要吃儿子,儿子养大了石头,但父亲却没挨石头砸

而你,杰克,可怜的杰克,眼见着你的父亲死了,你的美国死了,你的上帝死了,你的身体死了,

死了死了死了；而今日，父亲正看着他们的儿子去死，儿子正看着他们的宝宝去死，为什么？为什么？为什么我们都在问"为什么"？

哦这一切忧伤的伤忧的为什么

你不过是一个小小的十年①的凯鲁亚克，但在这个一毛钱的凯鲁亚克身上又是怎样的一生！

没有什么临到了你的不会降临；没有什么会无法兑现，你的环绕令这循环完满；而那些正临在美国的再不会临到你，因那临到这地的意识之上的也要临到这意识的声音，故声音已死但这地被遗下来以忘却它曾听说的一切直到那言词连灰烬也不剩

而言词和肉与泥的地都要承受同样的病同样的死……声音已死在肉体之前，风在垂死的泥土之上吹动死一般的寂静，而这泥土将留剩它的残骨，而风中的无物将滚动着悲鸣，但寂静，寂静，甚至连上帝的耳朵也不会听见

是啊，什么临到了你，亲爱的朋友，可怜的朋友，什么就正临在这星球的每一人每一物身上，这个在悲哀中嘶哗的绝望的星球现在连一个声音也没

---

① 杰克·凯鲁亚克 1957 年末出版《在路上》开始走红，同时开始消沉、引退的生活，对早年的行为表示悔意，几乎与老垮掉派绝交，1969 年死于酗酒，前后大致 10 年。

有……如风一般容易消耗……去了,但现在谁来为病,病不可救的垂死的泥肉之灵的美国吹走那毒瘴

当你在路上去寻找美国你找到的仅仅是你原先放在那里的东西而一个寻求黄金的人倒是找到了那个能找到的仅有的美国;而他的投资和一个诗人的投资……在破产的时候是同样的,那是一场崩破,但窗户紧闭,不让人去跳;在地狱里没有人能再往下掉

4

在地狱里众天使同样歌唱
而他们以歌唱祈求重新拥有
那些曾追随最初的基督之载体的人们
离了地狱要去拥有一个新的世界
然而当他们带着枪支和《圣经》来到
很快他们的新定居点变成了旧的
并再一次让地狱占了码头
红十字天使拉弗尔[①]就是我之于你
我把"众天使之主的十字架"

[①] 拉弗尔(Raphael),司医疗和救护的天使长,故诗中戏称为"红十字天使"(Arc,美国红十字会)。

放在你身上……在这里
一个全新世界的前夜等待着探索
而你在这古旧而暗蔽的时日之上闪过
一个垮掉的基督之童①……呈示着万物的优美的圆满
见证着灵魂是圆的不是方的
不久……在你身后
将迎来追随中的
鲜花的孩子们

       1969年于旧金山北滩

---

① 一个垮掉的基督之童（a Beat Christ-boy），据说原是凯鲁亚克给柯索的称号。垮掉（Beat）一词最初在纽约俚语中确为贬义，后被加入反叛色彩，继而注入宗教意味，一度又成为时尚，亦有论者演绎为哲学概念，说法不一。此处明显有宗教的含义，指一颗明亮但不永恒虽陨灭但仍体现着最高价值的彗星，可译作"万福""极乐""神圣"等。为便于识别仍沿用旧译。

致亚美利加印第安人的自发安魂曲

瓦康达！塔拉科！① 死亡之音的火鸡咕鸣在脚板轻柔的夜晚！

蓝翎的黄翎的红翎的越橘染色的羽毛在火焰中毛茸茸地灰飞烟灭哗哗啦啦狂舞在死人红种人头戴羽毛的人的夜晚！

鹿皮连骨带肉暴响在烈性烟草田里！

马斯科吉安息在亚美利加东南部，哦，克里克，乔克托②之死，

年轻轻的泪盈盈的勇士，他垂死的手中的鳟鱼，牢牢抓住的骄傲的鳟鱼，

最轻柔的脚步，飞逝，哦亚美利加哀乐，哦亚美利加挪威人瑞典人的嚼烟和谋杀和皮靴和屠宰和上帝和腐朽文字，

哦，五花马③嘶鸣！哦，死亡主题的滑橇在哀悼垂死的酋长！

---

① 瓦康达（Wakonda），美国印第安人苏族语系信仰中至高的创世之灵，万物都分有了一部分各自独特的瓦康达，使鹰能高飞、马能快跑等。塔拉科（Talako），美国印第安人乔克托族语意为：鹰、神鹰、在空中俯视众生的神眼。
② 马斯科吉（Muskhogean）、克里克（Creek）、乔克托（Choctaw）均为印第安部族名，居住在美国中南部。
③ 五花马（pinto），原指产于西班牙的一种杂色良马，后引进墨西哥。美国南部的印第安人多骑这种花马，与英国马不同。

浆果，云杉，越橘，歪玉米，苦麦子；哦人口缺乏！

嗓音高亢的百灵姑娘，武士姐妹，帐篷少女，创伤爱人，崩溃了你的麝鼠裘不再有你血肉的手掌和愤怒和抽搐和捶打在你印第安的土地在以爱报爱的最后一痛之中，

哦亚美利加，哦安息吧——

吃不尽的灵畜留给了腐食动物，当它们轰隆隆奔过草原

那些英格兰的群鬼急匆匆地追过草原，无穷无尽，盛大的基瓦戈①席卷在寂静的达科他②，哦亚美利加——

亚美利加哦贫矿的亚美利加哦矿化的亚美利加哦那水绵曾经

生机勃勃的马斯科吉池沼，哦石油来自多才多艺的时代，吸石油的亚美利加，野兔有弓箭，狗鱼有标枪，脚步轻盈的人崇尚飞快的速度那些部族从而胜过土地会吃会爱会死，

---

① 基瓦戈（Kiwago），印第安语中原指野牛、牛群、神牛、围猎会等，现代常指少年夏令营。
② 达科他（Dakota），印第安部族，亦指美国中北部印第安苏族居住区。

哦安息吧,哈索尔①在天边外昭示着瓦康达,

信使的剑麻号角被削成土狼的曲调以哀悼一个个垂死者落日将尽滑橇将至的死,忧伤且垂死,一个人颤抖,所有人战栗,一个个垂死的酋长慢了红了皮革毛皮烫了——

缓缓颤动的响尾蛇,鹰的齿,虫的腹,缓缓颤动的哀乐,哦哀乐,缓缓颤动的四风之风,哦羽毛凋零然后被风吹走,

指领五花马牵引的那具终结滑橇吧,被迷惑受伤害的忧伤的蒙大拿之王,

打哑那些法兰西毛皮陷阱队②不让他们在河船里叽咕嘲笑,没有死亡的颂歌会在麝鼠裘和海狸裘的财富中唱响,都避开它们,

哦泼辣婆娘歇斯底里闹腾的亚美利加,大蓬马车的亚美利加,火箭点燃被征服的篷车,贵格会友们戴白头巾的巫婆们和骄傲的新人们的死刑台,年轻人和死人,

哦杰罗尼莫③!镍铸硬脸的华盛顿玻利瓦尔领着

---

① 哈索尔(Hathor),古埃及神话中牛头人身的司爱情、生育和喜乐的女神。
② 毛皮是北美大湖区和魁北克印第安人的主要生活来源,所以他们经常与白人狩猎队发生冲突,然后又被军队镇压。
③ 杰罗尼莫(Geronimo,1829—1909),美国西南部印第安领袖,传奇般的阿帕奇族大巫师,其冷峻形象非常著名,他反对迁移,多次率领被驱至亚利桑那州保留地的族人叛乱,1886年在骷髅峡谷(Skeleton Canyon)兵败投降,身边只剩19个武士并被拆散关押。他晚年归化美国社会,此后再未出现美国印第安人的大规模反抗。

一座垂死的从未存在的城，当怪物已死，群魔纠集来窃取这座城并夺走，

哦"蹲牛"①！剪除者杰斐逊列宁林肯红种死人，硬逼着你的灵魂长出翅膀，笼统了土地与空气，哦兀鹫秃雕老鹰们养胖的日子过去了，你也去了，哦亚美利加，哦安息吧，

干河谷，死脑袋的石头，高高的亚利桑那，红色太阳土地，这具滑橇啊，

这哭泣的嘶鸣，这小母马之夜，这死亡的慢酋长，皱缩而忧伤，没有人手，没有远景，没有烟抽，骄傲忧伤垂死——

向土狼栖息的山峰和月亮，嚎叫着青春，笑傲在人与人之间，"黑脚"、莫霍克、阿尔冈昆、塞内卡②，所有的人，哦亚美利加，登峰然后屈躬

你的白发般的稻草头和五花马仿制品，连同升起的月亮，火烫的夜晚，死了，丢了，空了，看不见了，没有音乐，没有思想；也没有风——

---

① "蹲牛"，指美国印第安领袖塔坦卡·尤塔卡（Tatanka Iyotaka，1831—1890），苏族大酋长，大武士，反对白人侵吞保留区，1876年与夏安族酋长"疯马"、"雨脸"、"露麋"等联军在小盘羊（Little Bighorn）战役中20分钟内全歼一个美军骑兵团，1881年因饥荒投降，后归化，部落被拆散。他还有一个绰号叫"慢"（Hunkesi），原为从容、缜密的意思。
② 黑脚（Blackfoot）、莫霍克（Mohawk）、阿尔冈昆（Algonquin）、塞内卡（Seneca），均为印第安部族名，大致从西到东分布北美各地。

在这"极乐狩猎场"①的阴冷恐怖的光里

酋长们的世纪以他们无数的头皮为证,在煤黑雾蒙的粗糙的帐篷上甩着一个孩子的黄头发;

它顿时破碎拆散分离,离了,去了,再也没了,出了码头进了一个秃死人在白人坟地寻找无毛破头怪孩的更秃的水坑;

哦在这印第安式的天堂更多的是确切的哀伤,

一声声哦亚美利加的狗吠和马嘶和鸦啼和狼嗷嗷嗷嗷地转啊转啊,哦都是哭声!

印第安山悲鸣!但从没有头皮和快刀会记在一个野蛮蛮蛮的时代的心上,缅因来的"克利夫兰摧灭者"②,哦安息吧,

哦雷云,雷鸟③,"雨脸"④,在黑沉中倾听,死亡,

以及毯子和玉米,在平和的脚步中一个人搜寻着基瓦戈,亚美利加,基瓦戈,亚美利加,玉米的亚美利加,一个伤心男孩的红种血肉的歌的尘世的歌声在

---

① 极乐狩猎场,印第安信仰中的天堂、极乐世界。
② 克利夫兰摧灭者,指美国第一个印第安裔棒球明星索卡莱克西斯(Louis Sockalexis,1871—1913),来自缅因州阿贝内基族,绰号"酋长",以极高的打击率和严重的酗酒问题而著名,为纪念他的贡献克利夫兰棒球队后更名为"印第安人队"。
③ 雷鸟,印第安信仰中的雷电之灵,召唤雷暴的巨鸟。
④ "雨脸",指美国印第安英雄伊托纳高(Itonagaju,1835—1905),夏安族武士,据说他在1876年的小盘羊战役中手刃美军准将卡斯特(George Armstrong Custer),朗费罗曾作诗《雨脸的复仇》(The Revenge of Rain-in-the-face)为此战哀悼。雨脸病逝前向友人口述了一篇回忆录。

这夜里被一个可笑的雷霆宙斯的脑袋挤进来窥探,哦这胡闹,哦这死亡,哦这夜晚,

安息吧,亚美利加,唱一首哀歌让它潜入白麦子黑在印第安永在再没的赞美之中,去了,去了,荒凉了,并且去了;

听这些草原,这伟大的分离,听这风中的夜晚俄克拉荷马在哀乐中轮番哭泣先是山到河到树到鸟到日到夜到明亮但又恍惚隐没的这具滑橇,

一个印第安的屈躬的头足以让马躬下头来并且都要在齐鸣中死和死和再也不再死一次就让这夜晚吃掉了垂死吃掉了它吃掉了痛苦然后就没有印第安的痛苦没有怀孕的婆娘没有野脚的大眼的孩子没有逗人的严厉的披白裘的酋长会抽着烟沉闷或者开怀,哦亚美利加——

每一年基瓦戈都要注视着它的牛犊凋零;都要注视着它的天然的捕猎者渐渐死去,新来的狙击手带着机器和子弹和训练有素的眼睛瞄准射击命中那头最老的公牛,那个王,那个缅怀草原的基瓦戈——

每一年瓦康达都要注视着一动不动的荒漠,干旱的无泪的无子的荒漠,无烟的荒漠,无印第哀的荒漠——

每一年塔拉科都要注视着小鸟飞在他无箭的和平天空在他无物的自由的嘴里,在从前的亚美利加,生

的野的平静的亚美利加,

哦亚美利加,哦安息吧,哦滚蓬草,哦西部的天空,每一年又是另一年,软掉的足球不会弹跳,持标枪的瘦精胳膊不再举起,诸王群集的明智的盟会再也不热心于生活和毛皮和潮湿和炎热和烤玉米和干巴牛肉,每一年没有婆娘对她的爱得发狠的月下爱人傻笑没有必须需求的男人和女人和孩子和孩子,每一年没有孩子,没有生活,好生活的容颜,没有,没有,亚美利加,除了死石头,枯干树,灰扑扑随风而去的泥巴——安息吧。

清教徒,霰弹枪,皮带扣子,大礼帽,条顿人,英吉利人,漆亮的皮鞋,《圣经》,祈祷,白雪,小心翼翼,小心翼翼,哦像一个宴会,火鸡,玉米,南瓜,可爱的混乱的开心的主人式的客人们,易洛魁,莫霍克,奥奈达,奥内达加①,哦感恩节!

哦喜悦!哦天使!哦和平!哦土地!土地土地土地,
  哦死亡,

哦火和箭和铅弹和威士忌和朗姆酒和死亡和土地,

哦巫师和酒馆和贵格会友和塞勒姆和新阿姆斯特

---

① 易洛魁(Iroquois)、奥奈达(Oneida)、奥内达加(Onondaga),均为印第安部族名,住在美国东北部,17世纪初曾善待白人殖民者。

丹和玉米,

以及夜晚,轻柔的脚步,死亡,大屠杀,大屠杀,哦亚美利加,哦安息吧——

木头屋子,碉堡,哨兵,交易站①,而在远处,乌云,

尘土,部落,族人,死亡,死亡,金发姑娘要死,女士们的衣裙要烧掉,红制服和蓝制服的男人要死,男孩要击鼓和吹笛和诅咒和痛哭和死,骏马……要死,宝宝……要死;

咿咿咿咿咿唷唷唷唷唷!嘿嘿嘿嘿嘿啦啦啦啦!
呀呀呀呀,呀呀呀呀啊啊啊啊啊啊啊!
要死要死要死要死要死要死……亚美利加,安息吧。
疲了,颓了——那些衣裙和亮堂的皮靴消逝了,那快步的

"抱你的舞伴摇到左呀抱你的舞伴摇到右"的嗡嘤全都结束了,完了,塞内卡睡着了,没有滑橇,没有花马,没有结局,只是睡着了,然后一个新纪元,一个新日子,一个新光,然后玉米长得茂盛,然后黑夜成了永恒,然后是白天;

---

① 交易站,特指白人与印第安人的交易市场,有驻军看守,且在价格上对印第安人极不平等。

喷气机飘落在德克萨斯,

    安息吧。

  摩托骑士黑脚族他的钉扣腰带在夜晚更狂野过明亮的鹰眼坐在他的肥车上乌黑发臭粗鲁屌样的蛤蟆镜就要鼓瞪着自己进入金色冒险飕飕奔驰更快过他祖传的骏马飞掠烟囱旗棚哦那个怕羞的基瓦戈小鬼！现在是一个疯狂咆哮的排气管印第安就像一只飞逝的烤箱咣啷一声嘘嘘嘘呒呒呒呒没有羽毛插在他油腻的头盔哦他是一部快速引擎浓烟嘭嘭吹掉了桂冠但他是愚蠢的他坐在喇叭&硬技馆①他的纽约之旅同时他是幸福的带着他的短浅姑娘们长着粉红脸蛋和鲜亮头发谈论着他的大肥车以及她们的大肥车,哦他是一个天使尽管不祥的凶兆正以钢铁风范的外型抽着一支香烟在一个腥臭的街角在夜里,等待着,亚美利加,等待着那个结局,那个最后的印第安,那个疯狂的印第安他没有鱼没有脚也没有骄傲的森林可出没,疯狂在他的膝盖马尾辫&兔子腿他的摩托车,他的那个终结安魂曲那个终结亚美利加"备好葬礼跺跺脚"好运附上身,轮胎充胀了,扣钉擦亮了,怪僻的蛤蟆镜戴上了,马达汽油刹制检查了！1958个印第安,大堆大

---

① 喇叭&硬技馆（Horn & Hardart's）,连锁快餐店名,公路边的廉价自动售卖点。在诗中与摩托嬉皮士的形象有关,故采意译。

堆的皮革——呜呜冲下宽敞的琥珀色的死亡快车道,小小理查德①,号角齐鸣②,那件巨大的黑色夹克呼啸在全速的被迫的坠落之中。

---

① 理查德,可能指英格兰国王"狮心"理查德一世,他是骑士时代的偶像。
② 号角齐鸣(tuba mirum),天主教传统的安魂弥撒哀乐中的一个乐章,莫扎特等很多人都写过,表现宿命的召唤、大审判等。

作于1963年11月22日至23日的诗行 ①
——不和谐的诗——

在这傻乎乎晕乎乎的今日做一个美国刺客究竟怎样?

我没有手相师的眼力
当我举起右手教宗会停止吗
法典派会慈悲吗?
我嘲笑我想揭开昏沉伪装的企图
谁会看这个
或那个
或他们在何处
丧失了这种眼力?

  善呀 恶呀
  我寻找上帝
  但"我"就是善!
  因而作恶,哦该死,哦感谢上帝,我定能找到。

给我听好喽,你们这些恶心腻味的刺客们!

---

① 1963年11月22日美国总统约翰·肯尼迪遇刺身亡。

　　　　　我是百万个灵魔！我的构造七拐八弯八
　　　拐七弯！
我是全部的鬼灵精怪！英航公司的波音飞机上
　　　掉下来的扳手
　　　……齐柏林飞艇上黏着的图钉！
哦我是百万亿万星星闪烁在疯狂的一切远处！
我是数不清的看得清的罪！
　　　我是不可灭绝的不可遮挡的
而且世界上的非实在之物是每一个
　　　可以为人的人可以想象的创造！
　　　——全都是刺客！
而且我敢发誓印第安人没有那么残忍不我敢发誓
　　　海吸吸从来不能做你的麦片粥
　　　　你们这些醉醺醺规矩矩的方块杀手哪里
懂海吸吸！

一戳子红眼海吸吸就能让你们全都欢呼
　　　它是医疗不是嗜杀不是来复枪不是总统
没错你们是阿飞杀手不是刺客！
哈，迪斯尼恐龙的战斗的狂笑和一个金发小美人
的泪
　　多可悲多变态多该死的并置！

　　　　　魔鬼与小孩，阿飞与总统
　　　　　社会与诗人，子弹与肉体
子弹像科尼岛的鱼虫那么大
　　　　　可以抹掉消掉敲掉全部家当
没人还剩下一块完整的
但那位年轻的总统却不止剩一小块
船下沉的时候船长也要随它下去
但船长死的时候……船还继续航行——
哦失败者基督

来吧你们这些无知的恶心的蠢货，听听狂叫的
　　　　"真正的"刺客
　　　　我谴责！我欢呼！
我召唤冰天冻地北极熊之国的万福的主
　　　　跟它一起吃生海豹肉！
我诅咒这空间和时间里的地球！
我对岩石的进化撒尿！
我为最初的生命痛哭！
对这个世界的未知的年龄一顿老拳！
我朝优胜劣汰和物种演进呕吐！
我像一只生病的恐龙那样大笑
　　　　　在被生命侵占的戈壁滩！
我像一个脓包脸疙瘩脚的流浪汉那样取笑蝴蝶！

抓住翅膀我就撕抓住翅膀翅膀漂亮的翅膀
抓住喉咙我就掐这个爬行动物时代!
还有这个哺乳动物时代!
还有哦正是人类祖先!
人源自一只会走路的猿猴!
我唤醒懒惰油滑的尼安德特人对他圆圆的忧伤愚蠢眼睛啐一口!
我把我的点三八左轮捶成旧石器时代壁画家的铁皮!
我藐视那些紧张兮兮的新石器时代的爬虫!
我招来那些早年的杂种对他们老迈的脸吹一口暴虐的死亡之气!

    哦橙色猫头鹰!哦野心勃勃的绿!
我潜入土地耕种的开端
    播撒剧毒的葵花籽
     在史前农夫的极大丰收之前
我在地中海谷地的洪流之中
    观看千万条生命在那里淹死!
我进入最早的思维,最原始的哲学,
    驱使疯狂的梦想和可怕的恐惧
    去折腾老人,牧师,修女
我把群星和四季变成巨大的丑怪!

我把词癌词杀词恨注入
　　　　雅利安语
　　　　闪米特语
　　　　含米特语乌拉尔阿尔泰语中国语！
我在那里观看最早的部落不再建造苏美尔的吾珥
我要劈一个闪电进闪族人眼里
　　　　把他们迷得神魂颠倒！
我毒死撒珥根！刺死汉摩拉比！
　　　　就像瘟疫我灭绝了亚述人！
　　　　迦勒底人！
我霸占了古埃及印度中国的历史
　　　　让它爬满彼勒米罗达和神主的
　　　　大谎言
　　　　命令始皇帝，像一条魔杖一只山羊，
　　　　去毁灭所有的文书！
我把所有的王所有的教宗所有
　　　　卑微的瘦脚杆的选民都变成山羊
　　　　在那部历史的每一个章节
　　　　就像我呕吐的胆汁
　　　　……就像胆汁

　　　　于是那暗夜之雨降临了
一切星状的作物　　消失了！

灯芯下垂就像长颈鹿断掉的脖子　像一只烂鼻子

听吧！在湿漉漉的萤火虫后面
　　　　　传来高保真音乐
　　　　　但却是哀乐　但我就是要忍受这个的
　　　　　千年来奋斗不息想成为一个
　　　　　　　伟大的刺客
　　　　　现在连老不死的玛士撒拉都干不掉

　　　　　哦黑黝黝的财富！我摇动你的罪恶！
如此细小的我正相配如此细小的一棵树
一个太阳如此细小在那阳光的海中被叫做永恒
微不足道的太阳！猪油灯！明亮的冒牌的上帝！
　　　　　玩青豆的戏法师！
哦如此细小的我　以及我吃的信的更细小的事物
　　　　　哦微型亚当哦虾米夏娃
就是这样　就该成这样
我的宏大侏儒造成的这道差距终将实现
　　　　　就像整个大中国
　　　　　中国盆地将注满新中国海！
就这样肯尼迪　就这样美国
　　　　　就这样 A 就这样 B 就这样 C
以一个满箭和 1/2 弓　我将把它们统统放倒

哦野鸭的主啊！哦死亡的荣名！
当一位船长死去
船不会沉没
尽管水手们痛哭这个损失
群星在诸天上
仍旧是老板。

美国方式

1

我是一个了不起的美国人
我简直就是一个民族主义者!
我爱美国爱得像个疯子!
但我害怕回到美国
我甚至害怕走进美国运通银行——

2

他们正在美国把基督变成弗兰肯斯坦
　　　　在他们的星期日活动中
他们正在美国实施对基督的畏惧
　　　　在他们的星期日活动的蓬帐底下
他们正在美国用基督把老妇人逼得发狂
他们正在播映疗救的赠品和对地狱的畏惧
　　　　在美国在他们的星期日活动的帐篷底下
他们正出了帐篷正带着他们的基督
　　　　来到他们的星期日活动的体育场
他们正寻求一个满堂红一个全爆棚
　　　　给他们的美国体育场里的基督

他们正赢得观众在他们星期日和星期六的活动中
他们正叫大家上前来跪下膝盖因为他们都是有罪的
　　　于是他们都带着罪孽上前去
　　　都带着他们的罪孽跪下来哭泣
　　　乞求搭救哦主啊哦主啊
　　　在他们的星期一星期二星期三星期四星期五星期六
　　　和星期日的活动中

3

终有一日再没人还会格外惊奇
终有一日岩石般的愚蠢
　　　超过第五纵队成为美国唯一的敌人
终有一日无知会成为美-锅特产
　　　只有在这里无知才有借口
　　　要是在美国就不行
人不是有罪的　　基督不是可惧的
我要告诉你所谓的美国方式是一个丑恶的怪物
　　　　吞吃着基督　把它做成奥利奥饼和博士胡椒粉
　　　　变成它满嘴里的圣餐
我要告诉你所谓的魔鬼就是美国的冒牌基督

美国的教育家和传教士们都是思想独裁者
　　　　　把持着假知识　他们决不允许美国
　　　　　变得聪明
　　　　　他们只允许死亡让美国变聪明
教育家和传信员们都是这个美国方式的仆佣
他们又奴役年轻人的思想
　　　　　而年轻人也愿做奴隶（但不愿长久）
　　　　　因为谁会怀疑美国方式
　　　　　不正是道路呢?
这些教育家的职责完全等于
　　　　　一个工厂班头的职责
重复劳动使所有的年轻人想得一样
　　　　　穿得一样　信得一样　做得一样
一体化　这就是美国方式
仅有的几个伟大教育家在美国也虚垮和无能
他们硬撑着　然后就这样撑起美国方式
战争已经让这些人见过　他们蔑视给他们施加的
一切
　　　　　但一事无成　但他们是最危险的
危险是因为他们的知识没有被否定
　　　　　然后就这样给年轻人带来信心
　　　　　让他们相信这种知识
抽着这支烟博士们抽着这支烟

　　　　　博士们知道
教育家们知道　但他们不敢说出他们的所知
胜利就是人在这个困境中被变得忧伤
年轻人只知道被生下来是胜利
　　　　　其余的　要等到死亡成为最后的胜利
　　　　　才会有一个仁慈的胜利
如果美国崩溃了那就是它的教育家们
　　　　　传教士们　传信员们　诸如此类人的耻辱
今日的美国是美国的最大威胁
我们年轻的时候我们就老了
而美国永远是新的　世界永远是新的
世界的意义是生而不是死
但却按错误的方向生长
正确的方向是越长越年轻
这个方向却越长越长越老
一个奇怪的错误　一个奇怪的可悲的错误
　　　　　因为它都已经长成一个老东西了
　　　　　而它周围的其他一切还是新的
火箭不能让它变得更年轻——
那是什么在决定美国的成长呢？
我不知道　我只能在一个人的怪念头里坚持它
而美国却已经长成了一个美国方式——
要年轻就要永远目的明确地超出界限

要成长就要知道界限是毫无目的的
每一个时代都是新的时代
多么可恨啊有些东西竟长得又老又可悲
　　　　从史前时代编制出一个个新时代——
我是不是说《独立宣言》太老了？
　对　我说的正是 1789 年有用的东西对 1960 年毫无用处
那时说人人生而平等是恰当的是新的
　　　　　因为当时这是一道光
但今日还说它就是悲剧了
　　　　今日它应该成为事实——
人已经生在地球上很久了
总有人会想让他的狂热病也长大
　　　　他就干起来，直到现在，已经培育了种种
　　　　宪法宣言法典戒律
　　　　尽管没有这些东西他也能好好地活在这个世上
　　　　并且发自本能地知道怎样生活和存在
　　　　——因为除了爱的资质还有什么呢？
爱不是成长的真正目标吗？
不是基督的吗？
但人是奇怪的而且总想按自己的意愿去长
　　　　于是把它涂写成"命运"　各种各样的——

美国就在这些怪念头中被圈住
它已经长成了某种怪东西
　　　　而美国人就是这种疯狂成长的最佳范例
那个男孩式的男人　大个婴儿肉块
　　　　仿佛子宫被倒转了方向
　　　　生下一个老头子
胜利就是不再让人
　　　　用死亡完结他的经验成就
阿兹特克人挖出年轻人的心脏
　　　　在他们的鼎盛时期
美国人则是把他们的青年喂给"方式"
因为不是西班牙人杀了阿兹特克人
　　　　而是阿兹特克人杀了阿兹特克人
罗马是明证　希腊是明证　一切历史都是明证
胜利就是不允许退化
不是共产党要杀掉美国
　　　　不　而是美国自己——
美国方式　这种可悲的疯狂的过程
　　　　不是由某个人或者组织控制的
它是一个怪物　从自己诞生　为自己存在
受雇于这个怪物的人们
　　　　是不知不觉中被雇佣的
他们居于智力的高等级梯队

他们是教育家是精神病医生是部长
　　　　作家政治家传信员们
　　　　富翁娱乐圈
还有些家伙歌唱"方式"因为他们打心眼里
　　　　相信它是善的
有些人相信它是神圣的并成为它的义勇军
有些人在里面也只是在里面而已
而大多数人是为了金子
他们并不把"方式"看成怪物
他们把它看作"美好生活"
这种"方式"究竟是什么？
这种"方式"生于美国梦
　　　　一个噩梦——
今日美国人的状况与十八世纪的美国人相比
　　　　证实了噩梦——
不是富兰克林不是杰斐逊能评价今日美国
　　　　而是工厂里红脖子的奇怪人
　　　　娱乐业的那些傻瓜
惊人！吓人！米老鼠登上宝座
　　　　好莱坞敞开供应——
能同时让语法学校的孩子们认真地仰望
　　　　乔治·华盛顿的画像和"赫曼莱汤"
　　　　著名的夜总会丑角吗？

老而又老又堕落的　丢尽了尊严
　　　　美国的太阳就像一个坟头
哦年轻人能够让它重生！
未来只能依靠年轻人
未来是年轻人的资产
年轻人知道的未来也要知道
他们是什么做什么未来也是什么做什么
已经做过的事肯定不能再做一次
那个美国方式允许这样吗？
不。
我在欧洲看到的每一家美国运通银行
　　　　每一个军事基地
　　　　　看见同样的脸　同样的嗓音
　　　　　同样的服装　同样的步子
我看见的妈妈和爸爸们
　　　　他们之间没有区别
复制品
他们不仅仅说话走路思考是相同的
　　　　他们的脸也是同样的
是什么造了这个鬼怪的东西？
是什么把一个人管制成这样？
大自然的规律在美国变得多么怪异
可以肯定林肯要是活在今日

    他绝对选不上总统 就因为他的长相——
的确美国人都是宝宝
    在那个"方式妈妈"怀里
没看见艾森豪威尔吗，一年前在巴黎
    他访问美国大使馆的时候对大家说——
  "一切如意，
    只要喝可口可乐，一切都会如意的。"
    这是真的，公开发表的
没看见美国广告上号召"团体精神"吗？
    不要为今日的口号狂欢
    也不要因此滋生暴力
    这是真的，公开发表的。
在欧洲的犹太区没有军事基地吗？
    有，哦多么可悲 多么失落！
军人消费社的报摊上塞满了漫画书
军队电影院放的永远是桃乐丝·戴
是什么能让人们挤成一堆？
为什么他们不能正眼看看世界？
是谁嗅出他们？
这是严肃的！我不是嘲笑或者厌恶这些
    我只能感觉到这个疯狂的无边的阴谋！
这整个的没药可救！
他们被捉住了 被"方式"捉住了——

那些想法子逃脱"方式"的人
　　　　不可能
垮掉派们就是好例子
他们抛弃了"方式"的习惯
　　　　并学会了他们自己的习惯
然后他们变得清晰和整齐然后失落
　　　　跟主流的一样
　　　　　　因为"方式"是有多个输出口的
　　　　　　就像一条蛇有很多触须
没有逃离"方式"的出路
唯一的出路就是让这个"方式"去死
能杀死"方式"的只有一个新的觉悟
某种强大的新的神奇的事情必将发生
　　　　把人从这野兽嘴里解放出来
它是一只我们无法看见甚至不能理解的野兽
因为它存在于我们的头脑
天啊你关闭了科幻小说它还同样存在
仿佛它是来自外星球的某种力量
　　　　把自身编织在我们所有人的头脑中
它开心地过活！
我以我的生命起誓　这个美国不是我心中的美国

美国人民是伟大的人民

我要寻找某种强大的神奇的事件
　　　　把他们从那种"方式"中解放出来
　　　　让他们重新成为一个辉煌的坚定的人民
我不知道这仪式是否奏效　能不能成立
　　　　甚或有没有可能
我能做的只是坚持人是生命的胜利
我牢牢地坚持对美国男人的肯定

我看见一脚踏在"方式"皮上的
　　　　美国　骄傲　凯旋
　　　　像圣米迦勒掐住了堕落的魔鬼——

　　　　　　　　　　　　1961年

一个月来读英国报纸有感

啊,被捅破的是十月;警钟敲响,
秋之记录器展开它们的农艺——
一个鲁莽的人在树丛里呜咽:
"哦上帝啊我干了些什么!"
裤衩褪到了脚脖,弓着膝盖,
晕乎乎的头抱在手里——在他身下躺着
一个处女婴:一摊开喉的羊羔肉——招着苍蝇。
一到十岁的姑娘们
谨防英国人
所有的街上都埋伏着他们
"玛丽·戴尔?你是不是玛丽·戴尔?"
白教堂街又起雾了
姑娘们不断失踪
——"你是伯克吗?还是黑尔?"
一个好心人接着又一个好心人
这种好心人他们能够并且能
——中午,慢慢地,嘀咕着,一件花样的衣服
拂过一张花一样的脸,
黏乎乎的性,黏乎乎的死,黏乎乎的黏乎乎,
金眼之王竖起狼形的潜望镜,
肥沃的萨里,舒喜裤湿,

"你叫伊文思?克莉斯蒂?"
一到十岁的姑娘们
谨防英国人
死的月份——被腐化的十月,八头钻杆的米字星
一齐掘进共谋的矿坑;
琼斯先生搅着他家自产的蜜酒,
泡妞探宝队来了
泡妞探宝队来了——

美国政治史,自发诗

哦,这政治空气里一整夜都笼罩着
钟声和车声,没有地方休息
只能冒雨赶路——华盛顿的大街一片喧闹!
遮了雨伞的议员们;轮胎啸叫的
加长黑色轿车,掮客的衣肩
在天蓬下和门道内摩擦,
下着雨,看来停不了,
同时那些跛脚未来派在哭诉斯本格勒的 ①
预言,世界会在种族颜色融合之前毁灭吗?
所有颜色必须合一,不然就让世界完蛋——
还有一个机会,我们都变成橙色人!
我可不想做橙色人!
上帝的颜色没什么可抱怨的;
还有一种美是黄色,老喇嘛
穿着华夏之色的长袍;
一身黑色的强壮&矫健的美,
特隆尼奥斯·蒙克穿着诺曼炭笔长袍—— ②

---

① 斯本格勒(Oswald Spengler,1880—1936),德国哲学家,著有历史哲学著作《西方的没落》。
② 蒙克(Thelonious Monk,1917—1982),美国黑人音乐家,博普爵士乐的开创者之一。

如果西方文明走向终结
(但我怀疑,因为先知还没有
履行他的预言)到时候那东方的孩子
将坐在窗边,好奇地查看
那些古老雕像,富丽的门楣;
西方的华美盛宴——
我也被未来派招惹得泪如夜雨
在这西方文明的午夜;
但丁迈进地狱的脚步绝不会被地狱遗忘;
诸神对荷马的眷顾也绝不会被诸神遗忘;
法国书籍都放在上帝的书架;
上帝的领域之中不会发生内战;
而且我不怀疑东方的鸡蛋也有其荣耀——
但雨下个没完,车流不停
不歇,我在华盛顿靠着墙边睡觉
它把车声隔离在殡仪馆,
乔·麦卡锡就躺在那里,瘦削,安定,①
离国会大厦十个街区——
我从来都搞不懂山姆叔叔
他的红&白条纹裤他的滑稽大胡子他的星星帽:

---

① 麦卡锡(Joseph McCarthy,1908—1957),美国著名反共政客,"麦卡锡主义"的代表人物。

《扬基嘟嘟传奇》太超现实了,蠢货!①
美国历史有一种让你时刻感觉得到的方式
乔治·华盛顿仍在四处活动,就是说
当我想到华盛顿我就不会想到死亡——
我曾经历过的所有总统

胡佛最不真实

罗斯福最有总统相

而杜鲁门最有犹太相

艾森豪威尔是在不恰当的时间空间——②

胡佛是另一个美国,三十年代先生

而他如今会想些什么呢?

罗斯福是我的青春,真奇怪现在还能看到
他的妻子出现。

杜鲁门仍在总统位上。③

我见过艾森豪威尔的直升机飞越雅典

他在卫城的派头只有宙斯可比拟。

民有亦即福气和幸运。

---

① 美国歌舞电影《扬基嘟嘟传奇》(*Yankee Doodle Dandy*,1942)讲述百老汇巨星科汉(George M. Cohan,1878—1942)的成功故事,创造了二战后的美国爱国形象。
② 艾森豪威尔于1953—1961年连任美国总统,他相信朝鲜战争是"在错误地点、错误时间和错误敌人进行的错误战争"(奥马尔·布雷德利语),就任后推动实现了停战。
③ 杜鲁门1945年—1953年在位,任内颇受抨击,但退休后声望上升,对国事频频发表意见。

民享在美国或其他地方都从未发生过。
民治是美国的悲哀。
我不是政治家。
我不是爱国者。
我不是民族主义者!
我在欧洲到处跟人吹嘘美国多么多么的好。
在我身上他们看不到他们对美国的想象。
哦,每次路过美国大使馆我都不知道是什么感觉!
有时候我想冲进去大喊一声:"我是美国人!"
但最终只是多走几步来到美国人酒吧
醉醺醺地大叫:"我不是美国人!"
我喜欢的政治家不过是年轻时的幻想:
硬币邮票和香烟壳子的华盛顿精美侧像
英俊潇洒又死不悔改的汉密尔顿
本·富兰克林的眼镜皮鞋扣风筝和钥匙 ①
慈祥而忧心忡忡的林肯
我看基督的方式,有些浪漫 & 不真实,也就是我看他们的方式。
美国人在人群中独一无二。
他的模样和做派像个老男孩。
他穿制服也从不显得凶恶。

---

① 本雅明·富兰克林(Benjamin Franklin, 1706—1790)热爱科学,发明了双焦眼镜,用风筝挂钥匙进行过雷击实验。

他是个红脖子大块头既有钱又快乐。

白头发的严谨哈佛教授，说话和气又讥诮。

一个传统男人一个顾家男人一个转悠悠的男人＆搞笑专家

他有大圆脸的狡黠的善意＆正当合理的意图。

他在麦迪逊大道上班，英俊潇洒，见多识广，而且迷信。①

他古怪、开心、比光还快，不知羞耻，又英勇

好一个青春大哈欠！

年轻人似乎对政治不再感兴趣。

政治已经失去了它的浪漫！

"血腥厨房"已沉没！

一切只剩下那些花岗石

外立面的五角大楼，司法部，和四分五裂局——

政客们不懂年轻人！

他们依靠老头

而老头也依靠他们，

你看！这就让年轻人有机会

去独立思考他们的天堂。

不必赋予他们自由或解放

他们就在那儿——

---

① 麦迪逊大道（Madison Avenue）是纽约广告、公关产业的集中地。

1956年史蒂文森来到旧金山①
他发表演讲时还以为他是在一个意大利社区！
他说到意大利和乔·迪马焦以及面条，②
但当时在场的所有人，他周围的所有人，
都是年轻嬉皮士！等他的车开走了
金斯堡&我追着他大叫：
"你准备什么时候把诗人从阁楼解放出来！"
好一个青春大哈欠！
疯得漂亮老得年轻的美国没有候选人
全世界最癫狂最豪放最伟大的国家！
没有一个候选人——
尼克松上台也不过是临时的，自封的，
向前走两边走又向后走，
他会不会成为美国的对立面？如弯道之于车辆？
桅杆之于风？岸之于海？死之于生？
最后一个总统？

---

① 1956年，美国民主党再次提名艾德利·史蒂文森（Adlai Ewing Stevenson II, 1900—1965）为总统竞选人，他二度惨败于艾森豪威尔。
② 迪马焦（Joe DiMaggio, 1914—1999），美国棒球明星，生于意大利，是玛丽莲·梦露的第二个丈夫（1954—1955）。

上帝也会打飞机

朋友，性不过是
身体的交合
两个人互相做点
事情
以此取悦
他们并达到进化
所做的
不是出自欲望
就是为了玩命
或迫于需要
它没有别的用处
除了爱
以及生活的意义
性欲主义者
都是性的产物
我们由性而生
性构成了救世军
我们就是性
这个魔法
一点也不黑暗
而那些情欲的苦痛

会让你煎熬
那些不可思议的幻梦
会让你满心疑惑
——但只要阵阵狂喜
从狂热的心灵喷涌而出 ①
吃灰去吧！大叫！
感谢上帝，人的思想
跟肉体一样受刺激
感谢上帝，还有一个地方
让他和她
以及他和他
以及她和她
容下一个我和我——

---

① 参见华兹华斯名言：诗歌是强烈感情的自发流溢（spontaneous overflow，或译自然流露）。

颂赞老英格兰及其语言

  要表达你的所见、所闻、所想、所梦,
要听、要读、要写、要讲——骂人、夸人,
    哭、笑、哦,负责和不负责杂交的
顶级观念,谎言、真理、老套话、陈词滥调,
     巨人&侏儒同嘴——
超灵知,内身感,仓中仙子,**鹰格狼**,①
   哦银光字母在欢悦着全都回返
每个吃生饮血部族,穿衣服的禽兽,
    出没沼泽和森林,诱捕棕熊,
    河口讨食,生死兄弟,
回到奥古斯都栅墙那头的盖尔人聚落;②
   达姆诺尼亚朦胧海岬干草成垛,铁锤落定,③
胸膛吧嗒响太阳咿呀叫的大陶杯和角樽,康提,④
   结成一团的面容,沃辛,听吧!英格兰绵延

---

① 均为模仿古语而杜撰的词。
② 盖尔人(Gaels),讲盖尔语的凯尔特人,现主要居住在爱尔兰、苏格兰。
③ 达姆诺尼亚(Damnonia, Dumnonia, Dumnonii),古凯尔特人部族,位于今英格兰半岛西南部德文郡(Devon)一带。
④ 康提(Cantii, Cantiaci, Cantium),古凯尔特人部族,位于今英格兰东南部肯特郡(Kent)一带,首府坎特伯雷(Canterbury)是后来英国的基督教中心,该部族的名号沿用至今。

万里。①

> 往昔的侍奉,强大牢靠的定居点,
> 　　特里诺万特预示着埃塞克斯、米德塞克斯,一路向前;②
> 　　　　艾西尼成了诺福克、萨福克;③
> 卡西成了哈特福德、巴克福德、贝德福德,前进;科瑞塔尼烽火熊熊;④
> 　　布里冈特在钓鱼,瞧啊,比利其人⑤
> 　　　　搭起帐篷迎来他们定居点的终结——

---

① 沃辛(Wotin, Worthing),英格兰东南部城市,濒临英吉利海峡,附近有古凯尔特人建立的大型土堡遗址,也是萨塞克斯(Sussex, *Suth Seaxe*),意即南撒克逊人,登陆不列颠岛之后的重要据点。
② 特里诺万特(Trinobantes, Trinovantes),古凯尔特人部族,本义"强大者",位于泰晤士河口北岸,今英格兰东部埃塞克斯郡、萨福克郡和伦敦市一带,他们的定居点卡慕罗顿诺(Camulodunum)是不列颠岛最古老的城市之一,公元前43年为罗马人所占,成为殖民统治的中心,即今科尔切斯特(Colchester)。某某塞克斯(-sex)是盎格鲁-撒克逊的地名,意即东撒克逊、中撒克逊。
③ 艾西尼(Iceni, Eceni)古凯尔特人部族,位于今英格兰东部诺福克郡一带,公元前47年、60年两次发动反抗罗马人的大规模叛乱。某某福克(-folk)是盎格鲁-撒克逊的地名,意即北盎格鲁人、南盎格鲁人(的城镇)。
④ 卡西(Cassii, Cassia, Cassius),古罗马望族,可能指罗马人在不列颠的殖民地。某某福德(-ford)是盎格鲁-撒克逊的地名,意即赤鹿堡、公羊堡、贝家堡等。科瑞塔尼(Coritani, Corieltauvi),比较弱小的部族,位于今英格兰东中部莱斯特郡一带。
⑤ 布里冈特(Brigantes, Brigantia),古凯尔特部族联盟,中心位于今英格兰北部约克郡一带,实力强大,曾与罗马人联合,但最终灭亡。比利其人(Belgae),原居欧陆的古凯尔特人部族,故地即今比利时一带,被罗马征服后很多人渡海北迁,进入今英格兰南部。

所有最初年月的记忆,
　　　　　逐猎,放鹰,
　　武装男子和颈脖自由的男子;
腿上的红色和蓝色布条,从脚踝到膝盖交缠捆扎,
　　尖角帽子,粗放的发辫和络腮胡子,
　　　　　裘皮味,生肉盾牌;
族长们梦想着天堂一场大围猎和盛宴,
　　　　恐惧着地狱一个无穷尽的第四季;
而束着紧身胸衣的女士们在斗篷上系牢了
　　　　精巧的蝴蝶结。①

---

① 这首诗在选入本集时删掉了后续四大段。

选自《本土精神的信使》(1981)

哥伦比亚大学朗诵会——1975[1]

序 章

一转眼就是十六年
上次我坐过这里
现在又跟特里林夫妇坐到一块[2]
他老了……可爱的可怜人；
她胖了……还是没有妈妈样

还有我的诗友们
前妻 & 永远的女儿
还有我的全部头发
和烂鼻子

---

[1] 哥大是金斯堡的母校，他成名后多次到此地开朗诵会，其中最著名的是 1959 年、1975 年两次，朗诵者都是金斯堡、柯索、奥洛夫斯基 3 人。相关评论可参见莫里斯·迪克斯坦：《伊甸园之门：六十年代美国文化》（上海外语教育社，1985 年版，2—25 页）。
[2] 莱昂内尔·特里林（Lionel Trilling, 1905—1975），哥伦比亚大学教授、评论家，原是金斯堡的导师，对这个捣蛋鬼又爱又恨；黛安娜·特里林（Diana Trilling, 1905—1996），特里林妻子，曾撰文对金斯堡等人 1959 年的哥大朗诵会冷嘲热讽。

和不再有的牙齿

和亲爱的老凯鲁亚克……他聚在空气中

时代的永恒的灵魂……一个

纪念碑式的损失……又一个天使

从美国之门逃离

但增加了什么？

全都随印度神佛滚滚而来

然后全都拿去换了佛陀的非神

他得了一个古根海姆基金；一个NBA奖；①

一个艺术科学院的院士；

《纽约时报》一首诗付他四百大洋

而他写的是被人打劫了六十大洋②

财源滚滚啊！祝他一辈子

永不遭贼

十六年前我们被打压

因为我们污烂垮掉性交共党毒鬼邪魔歪道

---

① NBA，一般都是指美国篮球职业联赛，这里是嘲讽金斯堡诗集《美国的没落》获得1974年美国图书奖（National Book Awards）。1971年柯索的《悲情亚美利加》参与角逐，未果，当时金斯堡曾激烈抨击评委会"丢脸、愚蠢、平庸"。
② 指金斯堡诗作《打劫》（Magging，1974），这首诗蛮长的，《纽约时报》付400美元稿酬并不太高。

现在——十六年后艾伦得了他的长者的尊重
他的同辈的爱
和几百万年轻人的谄媚……

彼得自己有了一个女孩所以他就可以去跟艾伦，
如果赫耳墨斯愿意，也可以有个宝贝
他还会有一个农庄和一台拖拉机
还有土地和大豆地
比尔永远是比尔
哪怕他戒了嗑药和抽烟
我，我仍被当作一个没洗干净的污烂垮掉性交共党毒鬼邪魔歪道
没错，我并不是天天洗澡（除臭剂会杀死
人体内圣灵的天然芬芳）
还有性交，对，我这辈子干了三个肉体天使；
我是共产主义者就像我是资本主义者
实际上，两者我都配不上
至于吸点那个什么的，是诗人的特权

亲爱的听众，
我们这些当今时尚和思想的早年领头人
（包括凯鲁亚克的灵魂）
是时代的老爹

十六年前，自己把自己诞生，
我们是一个带着未来的历史
并且从我们对社会的享乐主义观点出发
把满街头的地下诗歌
以幽默，这个神圣的屠夫佬，进行强化，
真正登上了那个弥天大谎的塔尖
把象牙造的苹果推车里的专制的价值体系
踹进幻觉的忘川
不流一滴血
……万岁，灵魂革命！

诗　章

收到缪斯的召唤
我作好最坏打算
在它的圣殿门外
我上上下下徘徊
看那些石膏诗人
著名和无名的名
受宠和失宠的脸
我感到恐惧虚弱
我对自己赌咒说：

"就这个意思！就是要我对诗歌说再见的意思！"

骚塞的那双眼睛[1]

鄙视着我

把我看成一个屁

我也给自己打气

用自信心

念叨着："作为一个诗人

要拼出他的全部潜能；

我随时都可以骑上佩加索斯如果我愿意的话；

虽然我的作品近来已经

稀少而且靠碰运气，

然而是生命创造了诗歌

不是诗歌造了生命；

再说了，我很久以前就宣布自己是诗人

早在写诗以前——"

这时帕纳萨斯山[2]高高的大门敞开了

我一见到它就欢呼起来："啊，神仙姐姐！"

它唤我过去坐下，在一张丝绒般柔软的黄金座垫上

我坐下来——在它天鹅般的脚旁还坐着三人：

---

[1] 骚塞（Robert Southey，1774—1843），英国"湖畔派"诗人，后受封桂冠，被拜伦等人骂作叛徒。所以在本诗中骚塞只出现在门外。
[2] 帕纳萨斯山（Parnassus），希腊神话中诗神缪斯的居所。

迦尼萨，托特，赫耳墨斯，①

在一斗爱伦坡的骷髅灰上

他们喷着一个神殿式大麻的烈火宝钻

"哦我衷心的种马诗人

我的信使，柯索，格雷戈里

我摇响石磬，我歌唱，

你是通了灵感的通灵人

我就是缪斯

音乐就是我的圣礼

——如果我问你问题，你会拒绝吗？"

"绝不会！"我敢发誓……

从迦尼萨卷卷的象鼻到托特的鹭喙

到赫耳墨斯的普莱克西泰勒斯式的鼻子②

它细撒可卡因，从黎明人的镜状脑——③

"你喜欢听我的声音吗？"

"喜欢极了，哦我美妙的律诗姐姐"

"那是艾米莉，艾米莉·狄……

---

① 迦尼萨（Ganesha），印度教象头神，掌管智慧、文艺等，大神的信使。托特（Thoth），古埃及神话中鹮首月冠的智慧、文字之神，众神的文书和信使。赫耳墨斯也是古希腊神话中的众神信使（古罗马神话中称为墨丘里）。
② 普莱克西泰勒斯（Praxiteles），公元前4世纪古希腊雕塑家，代表作有《赫耳墨斯和小酒神》。
③ 黎明人（Dawnman），可能指"曙人"（Eoanthropus），旧石器时代的某种早期智人，如尼安德特人、伪造的皮尔当人。或出自科幻小说《黎明人星球》（Mack Reynolds, *Dawnman Planet*, 1967），黎明人是人类联合星系之外的神秘高级文明。

我求你一定注意她的炼金术
是她验出了一种从未有人配制的液体；
还有珀西·拜舍尔，你至爱的雪莱
他把鸦片酊都用足了
……但我恐怕会麻烦你了
有一个问题我想问问你……"
"哦莎士比亚的灵魂，问吧，随便问我什么……"
我能听见它的那三个信童
一言不发的暗笑
"我实在不想让你为难——"
"问吧；我会回答的"
"请问您对罂粟有何见解？"
我沉默，就像一直过了十年
她和那三人的眼睛
像死亡的寒气阵阵扫着我
我终于开口的时候我的声音
老而又老，远远没了我以往的孩子气
"哦亲爱的荷马的无忧女郎，兰波的圣母；
吗啡跟诗人是老交情了，
一种宣谕者的草本催吐剂，
一种因您而为圣的致幻灵液
按那湖畔的吟唱诗人们的传统，
他们和我均可自由使用

但我不能自在地享受这种自由；

法律已经把它的大嘴

伸进了诗人的药箱

……你听我说，哦因为查特顿温柔的忧思，

道德的势力

和青年时郁闷的伙伴，

因为这个上帝告病的时代

和被强盗农民占作农场的土地

妨碍了诗人去追索他的思想

阻挠他对生命病痛的探查

……但你看，在那湖畔

柯勒律治和德昆西① 得到宽恕

成了开金城卡迪的接头人②

和每个波多黎各母亲的儿子

都有自己藏鸦片酊的秘所

——对我却没有仙那度"

"那我问你：你是不是喜欢海洛因胜过喜欢我？"

那三人各拿出一根血淋淋的针头

---

① 柯勒律治（Samuel Taylor Coleridge，1772—1834），有《忽必烈汗》等描述吸毒幻觉的诗歌（后文的"仙那度"[Xanadu] 即出自他的《忽必烈汗》，指华丽宫殿、迷幻仙境）；德昆西（Thomas De Quincy，1785—1859），著有自传《瘾君子忏悔录》。
② 金城（Eldorado），传说中的南美洲黄金城（或国），这里指一种卡迪拉克豪华轿车。接头（connection），指贩毒。

每一根针头都跟我那么亲昵

"海洛因跟你在一起的时候难道我还会跟你在一起吗?"

一个巨大的现实把我压倒

像死亡一样巨大,真的死亡——

大麻,一个幻觉,是真正的灵香膏,

可卡因,幻觉,是赫耳墨斯翅膀上的白粉末

又传来它威严的声音:

"你是不是爱毒品胜过爱我?"

"是!"我大喊

"你已经屠戮了你的灵魂!"迦尼萨吼叫

"你的笔在流血!"文书员托特聒噪

"你已经延误了该传递的消息!"赫耳墨斯警告

我睁着泪眼望着它的眼睛哭着说:

"我向你发誓只要我身上还有时间

去追回从前的生命去补偿

所有已经犯下的蠢事……还有已经错过的事……"

坐在公园里一张冷板凳上

我听见它的叹息:"哦格雷戈里奥,格雷戈里奥

你要辜负我了,我知道的!"

走开的时候

一个小老太太跟在我后面
在唱着:"真的!真的!"
"不是这样的!"灵魂回响,"不是这样!"

日出

我阔了
我已用尽我的血
像一种奢侈品

一个宣谕者的原型
他的沉默
   发出劣酒的味道
一个诗歌匠
成为一个老年信童
哦灵魂的银舌
我为之欢呼
  以我所有的财富
    就像伟大的墨丘里
     转着他白缎缠绕的蛇杖
      在天堂般的空气中

沐浴更衣
   于预言之群猪
像柔光闪烁的浴缸里的木舟
   我穿上飞靴
在我手中

那双缠的翼杖在旋绕

我坐在一个老迈的被遗忘的神的马桶上
在这里感悟出一个启示
我把它带给你
　　双手捧着

日落

在木头
　大门口
　　老爸子
　　　被钉鹿角处
　　　荣休的毒蛇
　　　圣洁大巫
　　　"蓝票票"
　　　盘起脑袋

异种儿子抵在树干上磨蹭
　　　　真起劲
而白昼女神
　紧握一条俄国加长香烟
　　　　在她的长手里
　　　　哼着经文

太阳下山了
　　　慢—慢—的—
　　　像
　　　　个
　　　　　烟圈

我碰见这死去的哥们

致 J.L.K.[①]

我们曾痛饮
  就在这些酒吧
    成了铁哥们
他要我告诉他
  诗歌是什么
    我就告诉他了
痛快地喝了一夜
我带他回家看我刚诞生的孩子
一种巨大的悲怆将他击倒
"哦格雷戈里"他哀叹
    "你是要养大一个东西去死啊"

[①] J.L.K.，即杰克·凯鲁亚克。

最初的记忆

你记得的第一件事情是什么?
那时你多大?
到什么年纪你才意识到?
或者你一直都记着吗?

我两岁的时候
一件出奇的事情发生了:
失去了一个把我生下来的女人
我被交给另一个女人
而我以为她真的是我妈妈
作为一个周岁大的弃婴
我跟她整整住了一年

就在那一年我清楚地记得
跟她坐在一个浴缸里
在某种不可忘怀的沉默中我们赤身坐着
面对着彼此
我的眼睛盯住她两腿之间
半没在水中的毛

因而有一个双重的诞生源头

对我来说
最初的和当下的
水 & 子宫
我眼看
我们的出生地
沐浴在生命的发源地

那孩子看到什么

那孩子看到
时代的愚蠢
出现在一个懒惰的智者身上——
那孩子见多识广的深刻的眼里
是无邪的对这种景象的轻蔑

他懂得愚蠢的遗弃
当它来到他身旁
——他明白被忽视的智慧
和灵魂尚未出现
并要忍受越来越近的
被注销的那一刻

智慧

我感到我身上有一种与生俱来的无知
深深植入我的生命
直到最核心部位
我第一次发现它的存在
是闻到一股令人难忘的气味
　　　　当时我还是一个小男孩:
鼻子里塞着血
　　　　混着一个老头所拥有的味道

致荷马

旧真理上锈迹斑斑
——铁板一块的陈词滥调腐蚀了
新的谎话不像新鞋
味道香喷喷的
我有多年的诗稿要打印
四十年的烟瘾要戒除
我没有稳定收入
没有家
而且因为我的手是土生土长的
我永远都不能洗得干净
我觉得不灵光了
我觉得我像浑身疮疤的一头老公牛
借着一天酒劲
撞上大红布
不过这一切都很妙
不是吗?
万物的整个体系无比完美
人的身体
按其形态全都恰如其分
没有一样是无用的
仿佛真有一个上帝实实在在地为之提供担保

然后白天有太阳夜晚有月亮

然后有草有牛有奶

然后让我们都按时去死

你也想过其中会有混沌

一切尽是徒劳

但孩子们生下来

大多都酷似我们的形象

还有不公正

身家百万的施舍一个

屁毛给另一个

都在同一条漏气救生艇上的

我没有信仰

我倒宁可崇拜赫耳墨斯

这里没有明天

只有此时和此地

你和你身边的任何人

将活到天长地久

永远不知道你从没听说过的死亡

而且万事如意全都现成

一种希腊式的幸福在祥和中充满

总有天赐不断降临……

一件工作刚刚开始就辉煌地完成

要看到人们警醒＆友善

安乐并包含着奇迹
就像瞎子做的梦
诸天在我们的唇间表达
所有找不到的全都被发现
所有丢在脑后的全都回来

致米兰达①

我的女儿
仪态优雅
像一个时髦的纽约客

我梦见一个梦一般的孩子
穿着金鞋
走过法兰克式
塔堡的城墙

圣殿骑士
跪在溪旁
掬起一抔水
捧到他戴了面甲的嘴边
——但曼哈顿也有很多白马呀

---

① 米兰达（Miranda），柯索和莎莉·诺维伯所生的女儿，在莎士比亚戏剧《暴风雨》中是米兰大公、魔法师普洛斯彼罗的女儿。

漏气救生艇上的小伙子们

指望这个世界
不要让他们去死
他们盘算着怎样活着逃脱
"我们不能死在霍波肯"①

他们不信死
他们说"那是个骗局"
蒙他们的就是
那个最不可信的物种,人类

人类一致同意
到时候我们全都得死——
他们不同意
他们认为死是这个星球村里最老掉牙的扯蛋

他们的基督徒爹妈相信
死可以让他们离开
那边有天堂那边有炼狱
更有地狱

---

① 霍波肯(Hoboken),纽约附近的一个海港。

这三个的意思都是"离开"

"全都神经病!"儿子们总是抱怨
"如果你想去哪儿你得活着去
你一死就掉进臭屎沟了!"

这些汉子念过书
完全知道
要活着要不死
才能去到
做梦都想去的所有地方
有受约束的和不受约束的
比如:去远星近邻人马座得用火箭推进
或者要即时入土就从窗户跳出去

这些可爱的汉子渐渐长大了
再也不能忍受狗屁约束
宣布这星球就像肉体
是一条漏气救生艇
而且有点着急地大喊着:
"该戽水了,我们要变异!"

变异的愿望变异了

这种愿望是进化的动力
你知道,不是他们想要活到永远
而是他们相信他们就是永远
只不过他们所依附的形体
是会死的

他们眼看着先知们升天
当然会很嫉妒
"你瞧以利亚!穆罕默德!你瞧他们![1]
　　　他们是活着离开这儿的!"

这三个漏气救生艇上的小伙子
其中一个总是替别人着想
……真奇怪这个星球又是怎样
　　　能够活着逃脱的。

---

[1] 以利亚,《圣经·旧约》中的先知,乘一辆烈火马车升天。

怎样不死

在人群中间
如果我觉得我快要死了
我会找个借口
跟他们说"我要去了!"
"去哪儿?"他们想知道
我不会回答
我只是想出去
离开他们
因为某些原因
他们总是理解错了
而且从不知道该怎么做
那事太突然了会让他们惊慌
真可怕
只能坐在那里
听他们问:
"你好点儿吗?"
"我们能帮你什么吗?"
"要不要躺下?"
这些神啊!人啊!
谁想死在人群中间呢?!
尤其是他们不能拉屎的时候

去电影院——去电影院
我就是急匆匆地上了那儿
每次我觉得我快要死了
这么一说都有用

表里歌

昨夜是最夜的夜
满月满满地照着一个没有星星的空间
就像雪下面的雪是最白的雪
人脸的下面该是上帝的脸

幼年宗教体验

在我五岁的时候
我看见上帝在空中
当时我正横过一座桥
走在去买盐的路上
当我抬头张望
我看见一个巨大的人
长着白色的头发和胡须
坐在一张云朵的桌前
桌上有两本厚厚的书
一本是黑的
另一本是白的
礼拜六我在忏悔间
问牧师这是什么意思
他就说：
那本黑书登记你干的坏事
那本白书登记好事
等到你生命结束
如果黑书
比那本白书重
你就得下地狱并且永远被火烧！
一连几个礼拜我总安慰自己

买盐不算坏事——

在我六岁的时候
我看见一只死猫
我把十字架放在它身上
并做了一个小祈祷
当我告诉主日学校的老师
我做过的事
她揪着我的耳朵
命令我马上就出去
回到死猫那里
把十字架拿回来
我爱猫咪我一直都爱猫咪
为什么猫咪不能上天堂？我哭喊着
汝不可拜偶像！她答道
——我回去找那只死猫
它不见了
十字架还在
更恰当地说……那天地球已经死了

在我七岁的时候
一个礼拜天我坐在教堂里
挨着一个胖胖的男孩

我以前没见过他

他有一只小小的玻璃大象

捂在他胖嘟嘟的手里

就是在大家站起来

做圣餐礼的时候

他亮出来给我看

就是在这时发生了

我还记得发生得有多快

他昏倒了

别人把他抬走

玻璃大象还在他的手里

最让我恐惧的一幕

是那两个抬他出去的人

回来了就坐在我旁边

在两边夹着我

我是下一个？我不知道

是我这个见过玻璃大象的人？

我后来再没见过那个男孩

正是从这一天开始

我完全不能理解

这是什么意思……如果还有点什么意思的话。

亲爱的维庸 ①

维庸,我们的相似之处多么亲切……
两个孤儿,祭童,伺候牧师穿裙;
　　　　　　给棺材上紫漆

都是贼:你已经偷了"魔鬼的屁"
而我在偷我自己的东西
(不像我们的兄弟凯鲁亚克说的:
一切都是我的所以我贫穷)
反是:我一无所有,我是诗歌王子
只能浪荡在社会的边缘
去拿,如果我想要件外套,就找羊羔
　　　　　去拿

都是杀人犯:你杀了撕你嘴巴的牧师;
到目前为止在这方面我还没有像你
　　　　　哦感谢上帝!

多么乌黑的生命,像什么呢,哦维庸?
一场大雨洗净了你的日子

---

① 维庸(Francois Villon,1431—?),法国诗人,曾多次犯罪入狱,1463年被上流社会逐出巴黎城之后失踪,有《小遗言集》《大遗言集》。

将它的白染成蓝色

但何时哦何时

    能让舰队洁净

    再次航行？

我现在知道的跟我从前知道的相同

我不需要更多的知识

因为我知道知识不过是

用来养肥记忆的那些信息……

没错，学识是个瘦东西

你看那个做临终忏悔的人

支吾着："我知道的就是我一无所知"

至少你敢号称知道一切

     除了你自己

我号称知道所有可知的

因为根本没多少是可知的

近

一颗星
远如
眼
之所见
又
近如
眼
之于我

很多已经降临

1958年我说过一个预言
最严重的那种：大审判日
那是公布在一首滑稽诗里名叫《炸弹》
并有论定如下：
要知道在下一代人的心里
会有更多的炸弹降生
……不错，在我们的生活中要降下一颗炸弹

好了，二十年后
没别的除开开除炸弹，原子弹，已经降临
我们炸了犹他，内华达，新墨西哥，
但全都活过来了
……直到又是两个十年后
直到死也彻底地死

巴尔的摩不再来过

哦，蒙福的驱邪占卜师
在明慧善辩的朱鹭饮水处汲取清泉 ①
从卡斯蒂利亚贵妇们的墓穴 ②
掘出阿兹特克的黄金首饰
然后把它带到巴尔的摩
给安息日乐器行
并从那里回收阿波罗的琴拨
潘神的排箫

坡夫人，一位歌者， ③
死于破裂性喉炎
而坡先生 ④
死于为每张投票
喝一杯——
哈佛的纨绔子

---

① 朱鹭（ibis）是古埃及的圣禽，月神和智慧、学识、文字之神托特（Thoth）的化身。
② 卡斯蒂利亚（Castile），常泛指西班牙王国。
③ 爱伦·坡的妻子弗吉尼亚（1822—1847）在唱歌时声带撕裂（或感染肺结核），一直未愈，5 年后去世。
④ 爱伦·坡（1809—1849）酗酒成疾，卒于巴尔的摩一个投票站外。

卡尔弗特的曾孙 ①
用手腕轻轻地一挽
便让翻滚者滚翻
并按名字称呼无名者
因为鞋里进了沙子他在马里兰呕吐
而且无法叫玩伴们
出来一块玩了
不过,他改为下个星期一召唤月亮

塔罗牌女士在她的服装店里
是目击者,可以证明,她看到
撒旦诗人堕落
在巴尔的摩的阴沟

她察看水晶球
见到我离开乐器行
肘下挟着死去诸神的琴弦和笛管
她用一根紫晶棒
引我进了门口

---

① 卡尔弗特(Calvert),美国马里兰州豪门,巴尔的摩男爵家族。诗中指与爱伦·坡同时期的知名作家、社会名流 G.H. 卡尔弗特(George Henry Calvert,1803—1889),爱伦·坡对他的创作评价不高,说他的字不过是寻常店员手笔。后文所述轶事出处不详。

然后在地板上钉着的
一块三角垫子就坐
她知道
我在复活节刚庆贺了我的三十八岁生日
真是罕见的巧合——
我听过帕西法尔①
关于罪与狂的讲述
还有八歧之杖流转不定的方向
显示了
童年的爱伦·坡抱着一个侏儒玩偶
"这是他戴过的礼帽"
她说着,把它呼旋起来
"就是这顶帽子他曾从中变出
巴尔的摩市长就像掏了一只兔子"
她把帽子扑通扣在我脑袋上
太大,它盖住了我的眼睛
"你戴不合适!"她喊着
把它远远甩过了肩后
"你会戴上的!"她叫道
"起码他懂得巫婆和巫神的区别!"

---

① 《帕西法尔》(*Parsifal*,1882),瓦格纳晚年根据圣杯骑士传说创作的歌剧,同名男主角是个傻子。

小的时候

小的时候
我看管楼梯 ①
做弥撒祭童
放飞全纽约的小鸟

在夏令营
我亲吻月亮
   在装雨水的桶里

---

① 柯索上小学时曾做过看楼梯的值日生。

达到诗歌

我一直靠犹太人和姑娘们的好心过活
我什么都没有
什么也不缺

我写诗发自灵魂
归于灵魂
并拥有一切

诗人的命运是选来的
我已经选择
并且非常满足

一个现实中的醉梦人
一个糟糕的矛盾
当心爱的人们离开我
我变得欠缺了

自我诊断：
一个身无分文的活着的奇人
需要去挣钱
或写更多的诗

或两者同时
如果你在两个东西之间
有一个选择
但又不能决定
——就全选
对我来说欠缺是不对的

我取出我笔子
我尿出我白金子
然后在墙上
我写道:
在此
永在此
分分钟包含
于一只张开的手

屋外
　　一只燕子掉落
　　　　标志着星期二
哦我的心！终于
　　长久坚持
　　　　我得到和平
半个世纪的战争

我砍啊砍啊
　　　像一个非洲丛林人
　　　　　砍倒丛林毒蛇
　　　　　　　　都结束了

我将活下去
　并且永不知道我的死亡

呵……唔

人……没人爱的人
根本不是人
爱的缺乏
……没人欠任何人任何东西
不管是谁付账都没关系
（我可不认识收款员）
他们是替自己付
那些要求尊敬的人
从来都不配
——不给他们不敬就够了——
人人爱的只是自己
而且不太用心
给别人的爱
包括激情的或同情的
都是来自内心里的极度需求
世界是孤独的
人在其中也是孤独的
教宗并不真正爱我
我对他也不
基督，他的不可见的爱
我也算一个爱人

人只带来恐惧和怜悯
我恐惧人性的脆弱
我怜悯谦恭的奴隶
人人都有倒霉的一天
病痛，死亡，
生命的大谎
这药房式的地球上罂粟盛开
大不了如此

灵魂

灵魂
即生命
它流过
我的死亡
无穷无尽
像一条河
从不怕
变成
海

我送掉了……

我送掉了天空
连同所有恒星行星卫星
以及四季的云朵和风
飞机的编队,小鸟的迁徙……
"没门儿!"树木叫嚷,
"小鸟不飞行的时候是我们的;你不能送!"
于是我送掉了树木
和它们扎根的土地
和所有那些长在上面爬在上面的东西
"到此为止!"大海咆哮,
"海岸是我们的,用来造船用来做造船厂的树木,
　　　也是我们的!你不能送!"
于是我送掉了大海
和所有在海里游泳在海里航行的东西……
"没门儿!"众神雷鸣,
"所有你想送的都是我们的!我们创造了一切,
包括你的同类!"
就这样我把众神送掉了

银河诞生

迷醉的身躯
在七月纽约的
地下室雾气喷薄

它的手伸向
癫狂牌点44左轮
一枪又一枪
轰它的头
嗵!咚!诞!脑袋开花!
嗖!轰隆!血光四射!灰飞烟灭!

这团可怜的肉块
千万亿细胞
直通脑袋
像一只触电猫
危地马拉从脑皮到脑仁子不断反弹
危地马拉!危地马拉!
被窒息的绿色恶臭
"不要玛雅人!"他大叫
"我不想看到玛雅人!"

他再次明悟那同样的绿
草丛中的造物大祭司再次
明悟了那把黑曜石匕首
在冒烟的心上悬停

一张快照
显示他在观测台的
旧地板上躺倒：
多层次扭结
等位基因和染色体

泥色皮肤的天文学家看到
一个蟹状星云的诞生
大约公元 1080 年
在宝丽来天空中慢慢显影。

尼安德特人颂 [1]

在一场古老和骇人的诞生中
我在梦中的地下室听到
母亲们生产的叫喊
在煤黑的房墙和箱桶的四壁反弹

并看到那些穿白大褂的医生
把长山羊腿的婴儿拽出
饱受折磨的阴户
推车不断地进进出出
戴白口罩的勤杂工
全身溅满了血和山羊毛

而护士们一个个蒙着盖头
在混浊的空气中屏气
摞着那些截断的腿
齐整

---

[1] 尼安德特人,古人类学上的一种旧石器时代西欧古人类,以 1856 年发现的德国尼安德特(Neanderthal)穴居人化石为代表,个子较矮,能直立行走,能制作轻薄的石刀,有墓葬和陪葬习俗,脑量平均值大于现代人,但舌骨不发达,可能没有语言。尼人出现在 10 万年前,曾广布西欧和北非,在 3 万 5000 年前突然消失。一般认为此人种不是现代人的直系祖先,并且因无法适应恶劣的气候变化已经灭绝,继之有身材高大的克洛马侬人(Cro-Magnon)和身材中等的阿尔卑斯人(Alpine)。

像一捆捆木材

梦中醒来
我忽然想起一张照片
很久以前见过的
在一本旧杂志上
拍了各种各样的骨头
几百万年前的
——猿猴、麋鹿、原牛、狗熊
矮马猛犸象乳齿象人——
全都堆在同一个山洞同一个坑里

上面还有其他照片
其他考古发现
非洲的峡谷克里特岛的井加勒比的石窟
都展示着同一个大餐
数不清的人类头颅
带有小孔
被人类的手技巧娴熟地用燧石钻开
脑子很久以前就被吸干了
像同样多的蛋壳

还有更多的发现涌入脑海

从尼安德特人的冻原
到阿尔卑斯人的卡罗琳峰
不知道尼安德特人是不是
吃了他的同类
或者跟那些更高的人种交配
然后共同进化为
旧石器时代的伟大壁画家
但不像他们那些吸脑浆的先祖
和继而出现的吃狗熊的阿尔卑斯人
他们用野兽肠子把死者缠起来
从脚到头
以防魂魄逃出
（最早的魔法记录）
并把死者葬入土里
在他们睡觉吃饭的地方下面

要知道这个原始的野蛮的
弓着脚的粗陋的苦工
他在今日被认为是一个蠢货
不适于生存
你还声称他的种已经灭了
或从未结交过（更别说性交了）
后继的人种如克洛马人，熊的儿子

——对你我要说尼安德特人
他懂得唱歌
发明了石刀
（最早的音乐工具）
能让空气振动发声
我告诉你吧你可以分开
蛋黄和蛋白
但要是没了这人
别的也不会有

——那么再对你说一次哦你这人类学偏执狂
以为没有尼安德特先生这个蠢货
只有牛奶没有奶油
在他那个时代
　　在整个世界
　　　　他是至高的哲学

宿命

它们传报上帝的律令
从不拖延
并可免遭逮捕
和拘禁
它们拥有上帝所赐
冠冕，权杖和靴履①
往返如电
从不受时间和空间的
法庭的阻碍

信使的圣灵
在凡人的肉躯
被委任做一个可靠的，
自信的，全能的，
彻底的诗人实体
度过它在尘世的旅居

它不会敲门
不按铃

---

① 冠冕（Petasus）、权杖（Caduceus）、靴履（Talaria），指众神信使赫耳墨斯的飞帽、蛇杖、飞鞋。

不打电话
当信使的圣灵
来到你家门
不管锁没锁着
它会像一个电子助产士
把消息传报

不用说
在漫漫岁月里
也会有一个信使的圣灵
在黑暗中迷途

全都乱套了……几乎

我一路冲上六楼
我的配套单间
推开窗户
开始往外扔
生命中那些最重要的东西

第一个该扔的就是"真相",他像告密者那样怪叫:
"不行!我要把你的丑事都说出去!"
"哦是吗?我可没什么见不得人的……**滚**!"
然后扔"上帝",他气急败坏痛哭流涕目瞪口呆:
"这不是我的错!不能全怪我!""**滚**!"
然后是"爱情",她肉麻麻地行贿:"我让你永远都不会不举!
时尚杂志的所有封面女郎,都是你的!"
我把她的肥屁股推下去然后痛骂:
"你到头来就是个废物!"
我拣起"信""望""爱"
这三个东西粘在一块儿
"没有我们你肯定会死!"
"有你们我就得疯掉!再见!"

接着是"美"……啊,"美"——
我领她到了窗口
我告诉她:"你是我生命中的最爱
……但你是杀人犯;美死人了!"
倒不是真想摔她
我赶忙冲到楼下
在那里及时抱住她
"你救了我!"她哭着
我放她下来然后对她说:"快走吧。"

又冲上六层楼
来到"钱"那儿
但没钱可扔。
屋里剩下的东西只有"死"
躲在洗碗池底下:
"我不是真的!"它喊道
"我只是生命散布的谣言……"
哈哈一笑我扔掉了它,连同洗碗池和一切
突然间想起"幽默"
最后就剩它了——
我对"幽默"所能做的一切就是说:
"跟窗户一起滚到窗外去吧!"

当我们全都……

致死去的斯宾塞·史密斯

当我们全都再次醒来
死亡将被解除
不再有被杀 & 杀人的污渍
在阳光冲刷之后保留

到冬天我们从天空
落下
翻着跟斗
像两只中枪的野鸭；一个梦——

你的蓝色的阿兹特克飞机
载来了我的小儿子
和我
安全着陆

我哭着听你儿子
告诉我
你在迈阿密的着陆
害死了你

我也被冲撞着

冲撞着

……啊,春天将

   带来一次平稳的着陆

点金术

一只蓝鸲
　　　　落在一把黄椅上
——春天来了

我觉得老了

我小时候知道的
   只有一个教宗
   一个总统
   一个日本皇帝
我还小的时候从来没有人会变老
   或者死
我十岁的时候看过的片子
   现在是老片子了
   上面所有的明星
   也不再是明星了

事情在发生……随着我的年纪
昨日那些著名的不变的脸
   正在剧烈地改变
教宗们总统们来来去去
   摇滚明星也一样
猛然间让日场偶像变老
   连那些小明星
   现在也是老奶奶级的小明星了
但只要我还活着
   电影明星们就还继续垂死挣扎

这时流带来了什么？

停止读报？

停止自我？

是啊，我小的时候

    老人总是显得老

    似乎他们生来就是那样

而那些像克拉克·盖博、费雯丽这样的

    好像永远年轻

是啊，现在我老了

    我小时候的老人都死了

    而我小时候的年轻人都老了

还不算很久以前

    在一群伙伴中

    诗人们和犯人们

    我一直是最小的

我进监狱最小出来了还是最小

跟金斯堡、凯鲁亚克、巴勒斯在一起……最小

我刚开始作最老的时候我也还年轻

在哈佛二十岁的学生中间我二十三岁

还活着的话凯鲁亚克要比我老

但现在我比他老一岁
还比基督老十五岁
按天主教的观点
    我比上帝老十五岁
    而且还在变老

女人……我年轻时候的女人们!
想起我从前还希望永远不死
    爱上一个1950年的四十岁女人的
    美貌和身材
我最近又见到七十岁的她
    穿着长长的黑裙
    她曾盛极一时的屁股
    全都干瘪了!
肉体的形态短暂得多么残酷
可怜的玛丽莲·梦露!
她不是维纳斯
这个凡胎的女神
    不过是一只装过水的布口袋
——我们都是这样
而石头刻的女神至少还能凭着各个残片
    在废墟中把美保持

还有怪事：
我二十岁的时候我爸爸四十岁
但他的样子和动作
　　　　　跟我五岁他二十五岁的时候一样
现在再过两年我就五十岁了
　　　　　有半个世纪那么老了！
　　　　　他七十岁
是我而不是他
　　　　　一直在变老在显老
是啊，老人，只要还活着，就继续老下去
但年轻人，年轻从不能继续
……他们只是用来变老的材料

不，我不知道作老人是什么样子……至少还不知道
我有一个二十出头的老婆
我还有一个刚刚两个半月的儿子
二十年后我就七十岁了
她也四十出头
而他则二十出头
那时该是2000年！
　　　　　人人都会庆祝
　　　　　喝酒做爱寻开心
　　　　　那时我可怜的我

　　　　肯定会牙齿掉光了
　　　　皮包屁股
　　　　不可避免地尿迹斑斑

但是，但是飞机总要坠毁
教宗们，日场偶像们，总统们，但是总要死
总要这样那样地统统老掉
我以醇熟的眼看见，生命；灵魂不灭！
所有该来的都要来
所有该去的都要去

致丽莎,之二[①]

我今天看见一个天使
　　不带翅膀
　　　　带着人性的微笑
而且没什么话要说

[①] 丽莎(Lisa Brinker)是柯索的第四任妻子。

给小儿的一个指南

简单的完美
完美的简单
这很容易
就像画一朵花
或
把它掐死

未刊稿和近作

伦勃朗——自画像

当我描画一幅绚丽的荷兰女孩
当我从褐金的空气释出桃狼
当我着手于牧人毛地黄一个天使的下巴
不管我是不是信仰上帝都没有什么不同——

但我怎样绘出人的悲伤——
一组歌手在哀悼一个朋友的死?
但谁能那么超脱地站在生命之外
考察那些人身上是否有悲哀?
给我一个最悲哀的人吧!
每一笔触都打破所有的体系
　　　　那摄食的周遭
　　　　　　那光怪陆离的虚空——饕餮者!
画吧!驱策虚伪
人类的脸
　　　　成为非人类的脸
给我金色的麻布!冰冷的珠宝!
　　　　让我光照那些最悲哀的人——

　　　　　　　　　　（1960）

艾米莉·狄金森，你的苦恼是——

停止增加痛苦
　　　　就像几百年——

你的肉体中紧固的冰不许你火热
小母牛死得僵硬——你骚了吗
　　　　独守在你恹恹的火旁？

在一个不可靠的爱的寓所
你把自己隐藏
　　　　狐指套里的一只纤手——

你发现的东西并不新鲜但对你却是新的
漆黑的幽深在扰乱你的发现
你探索了一个愚蠢的领域！
称天空为棕色
　　　　地球为一个小镇——

对你来说雪不是嘉宾
　　　　也不如雨更值得赞美——

杰出的女性我爱你
我不忍看见一只苍蝇带着显而易见的优越感
　　还问"为什么"

（1960）

某日……

某日我正在天上彼得潘似的飞
我看见
一个人在东湾那边快死了,
我就对这个人说:
——那光明让我们作了鹰的朋友
　　　　也让我们一点点伤口成为云的间隙,
　　　　徐缓而滞慢,平静而忧伤,
　　　　在这万物的满天牢狱。——
他则答道:
——天可厉害呀!天可亮堂呀!
　　　　脚生飞翼的赫耳墨斯在中国耽于衰老!
　　　　耽于无争,当云之蕾炸放
　　　　风之叶掉落!
　　　　当我的倦手捂住
　　　　这夜的狂暴裙!
　　　　当我的苔脚碾碎
　　　　这日的海港!——
我离开这个将死之人,而他必须永远死下去,
因那孤独者拒绝垂下温柔的手
　　　　　　合上他长长的忧伤脸。

(1960)

棋子的罪行

性变态是犯罪?
那就是所有人的罪——
被奸污的人是强奸犯!
所有性交都是强奸,都是犯罪!

人人都该进毒气室
　　　　不管操过还是没操过!

全都是变态!
处女该死!
婊子该死!
吹喇叭和舔阴的,该死!
鸡奸和人奸的,该死!
独身者和色情狂,该死!
对! 所有操过的男人女人,该死!
被操的和操人的
没被操的和不会操的,都该死!
全都要进毒气室!
啊,肮脏的黑猪奶养大我们!
看看小孩! 看看他们这些下贱东西!
他们是怎么来的?

每个小孩都是我们的罪证！强奸！
　　　性交！每个小孩都是犯罪！

把他们统统清除干净！
割掉你们的鸡鸡！

缝死你们的洞洞！
　　　然后了结所有活生生的罪孽——

（1961）

一张床的哀告

很久很久以前
我扛过一对皇室夫妻
我那时又整齐又坚固
女士们每天都喜欢来给我打扫——

但现在
但现在我搁在一个潮湿的房间
腿也晃了背也塌了
成天到晚
还有一个瘦巴巴的白粉佬在我身上做梦和尿尿——

（1962）

伦敦动物园的指路牌

<——<<<
大熊猫
狮子
嗡嗡鸟
女

（1962）

圣特洛佩兹,清晨 ①

啊这一夜我无法入睡
没有梦只有阵阵结束的波浪——
浅水里的小船
一个挨着一个;
云黑黑的还没有太阳;
一颗圆溜溜的北极星滑过;
男人对男人正盘算着阴谋;
碧姬·巴铎比死亡要可爱得多; ②
我想起我从前的朋友们——
我们走向天堂就是
走向我听说过的那个天堂。

(1962)

---

① 圣特洛佩兹(St. Tropez),法国地中海滨度假胜地,靠近戛纳,以海滩、裸泳和明星云集闻名。
② 碧姬·巴铎(Bridget Bardot, 1934—),法国电影明星,60年代著名的性感尤物。

柏林动物园

1

哦了不起的袋鼠大屠宰者
冰冻了运到西柏林；
每一次我来到动物园
我又说起羽毛似的废话
说我决不吃肉
等我吃光了畜群。

2

柏林动物园
有两个购票入口。
一个在西
还有一个在东。
但一张张门票卖出之后
它们都要在大门汇合
然后流向猴子。

(1962)

弗梅尔 ①

看他站在一个小门外
周围是一群懒狗徘徊
头顶上明亮的窗户里
姑娘们用瓷壶倒牛奶
男人们用大刀切面包
老太婆偷偷摸着丝袍。

(1962)

---

① 弗梅尔（Jan Vermeer, 1632—1675），荷兰风俗画家作品，善于表现市民生活，有名作《倒牛奶的女人》等。

诗三章

多新鲜啊
我发现天空
不仅在上
也在下

死亡不过是不再持久。
像碰上一只死鸟,
注意到它,
然后继续走,
离开,
但还在想,
还在想就是我对死亡所知的一切。

欧洲人之前的美国:
　五千万野牛
　　　九十万印第安人

欧洲人之后的美国:
　十万野牛
　九十万印第安人

(1962)

反思

直觉洞察者们抛弃了这个美好时代
警醒地张着恐龙大嘴坐在
那看似邋遢龌龊且无路可逃
唯有焦虑不安的纪元终结者们
等待它出现就像欧罗巴
看着人在他们应得的死亡中结束。
生命是无所不在的死牢
洞察者如是观。

(1962)

无法履行的使命

陆军元帅霍克斯总算开心了
按女王的旨意
他的肖像会挂在皇家学院

但半道上那个画家死了
肖像未完成!
生命经常就是这样自己把自己撕破
意料之中　或意料之外
总之是破了　总之多有不便!
总之是"哦天啊一整个乌七八糟"!
哪里有鼻子能嗅出危险?
哪里有嘴巴能说出命令?

（1962）

苹果

这个迷人的无人的果园
大概是从夏娃的核儿里长出来的吧
我行走在苹果光的续连体之中
没有维度没有领域
而这些苹果它们的某种死亡却会繁衍更多
当我摘下一个又错过一个的时候
那一切就成了

（1962）

三十岁的梦

我梦见一个不认识的人　在一个不存在
于世上的城市　我是别个世界的建筑师毫无疑问
他高个儿有一部长长的黑胡须，还穿着一件长长的毛
大衣和波兰拉比帽子　他对我说"基督要
见你"　递给我一张
白纸有一个地址在上面　我拒绝了
愉快地（是自作聪明吗）拒绝　还告诉他"我想
我知道它/他住哪儿，然后我走开
跳下一条蜿蜒的街　我不记得什么时候铺了沥青
什么时候我已经把它碾平了？　毕竟
我是别个世界的建筑师
而所谓路所谓主建造在此地的这个世界
就是我柯索路，在密密麻麻的建筑中……因我思故其在
或因我梦见故我创建（？）总之我是走开了跳入
一个不落实地但又非常熟悉的方向（怎样的地方才是熟悉的）
对我来说不落实地肯定就意味着我拥有一切回忆
这些居民和这些街道和这些房屋都创造于我的
梦中的头脑　但很快我发现自己竟要查找它的

名字在那些高大建筑的住户名录上看起来都是
相似的　绝路了迷路了　哦　多么　我
等我跑回去找那高个子他已经不在了
看到我脸上的样子我直打冷战　满脸的自作聪明自讨苦吃
带着两眼翻白的惊讶　自我鄙夷的剧痛
推我醒来骂我揍我啐在我腿上"该死的"
冲动的一脸蠢相的无产阶级雪莱意大利老滑头嗑错药的操蛋！
然后大叫，"我否认……否认……否认"

（1966）

质疑真理

在缪斯那里
没有养老院

而我梳妆柜
倒在路旁
——镜子碎了

我抬头看见
一个报废诗人
——多么可爱可悲的
一个诗歌匠的碎片

我的那颗好心说:"不是的,
　　　　傻瓜,那是镜子
　　　　　　被打碎了"

尽管真理不再是我的主人
我也不会把谎言视为真理

我丢开我的诗柜
　　　　永远地

但第二天转来
看见一个中国人
　　　　在阳光下哭

（1980）

质疑谎言

是人类告诉我
我总有一天得死

我不相信人类
他们一个个互相伤害
而且根本不可靠……
所以我怎能相信
有一天我会死呢

太阳我也不信
——他随时都会爆炸

我又怎能信他们
他们用天堂
　　　　污染了天空
又用地狱污染地下

是人类毁坏了森林
　　　造出长山羊脚的酒鬼①

---

① 指希腊神话中半人半羊的农牧神潘（Pan）。参见《小丑·4》。

没错，是人类打开了
   神话动物园
在天空上
让妖魔鬼怪永远列为星座

与此同时
   最后一只蓝鲸
正被屠杀
   在一个垂死的海里
我怎能
不管这铺天盖地的丑行
   就去死？
好吧，人类
   我是你们的一分子
我儿子也是

但我们全都
   不会相信
   你们的可悲的大谎

（1980）

窗

我跟你说
去死,去相信你死
是一种可怕又可悲的信仰
人是不可信的
你的父母你的牧师你的智者都是人
就是他们告诉你你必须死
去相信他们就是去死
因为你看见别人死
你就相信你也必须死
但你只是见过别人的死
从来都不是你自己的
哪怕你在癌病床上
你也绝不会看见你醒着死
身体只是一个中继站
我们生于我们自己
从赋体化的黎明
到非赋体化的黑夜
到重赋体化的黎明
一个无穷的连接
其中的线就是灵魂
我再跟你说一次

我不知道什么非永久

我只与永久同在

而且我藐视死亡

我能感到的只有生命

我感受不到死

他们告诉你你得去死得去上天堂

我操这些不可信的操蛋

他们的诈骗性的信仰

杀害了辉煌的万古

我跟你说，死人：你不用去什么不着边的地方

只要活着你就可以去这里，那里，随便哪里

灵魂比身体懂得多得多

去相信生命会随身体死去

就是去作灵魂病夫

这是非常危险的

从身体的角度想灵魂是一个短命的东西

灵魂健康的癌症患者

是根本不可能有晚期的

至于身体健康

灵魂晦暗的，就那个那个了——

就像鱼是动物化的水

我们同样是人类化的灵魂

鱼来来去去　人类也一样

鱼的死亡
并不是水的死亡
同样地你身体的死亡
不是生命的死亡
所以当我说我将永不知道我的死亡,我的意思是
我的灵魂以一副人类的脸作外表
我已经得到了活的生命
并且不会让一个死的身体在坟墓里
刻上格雷戈里·柯索
让你来大笑"哈哈,"
"他还说他绝不会死,
看看笨鸟烂死人吧"
要知道还有一个天空呢
就在坟墓之上
它的移动就是我的灵魂的尺寸,无所不在
这个,不过是假想,因为
你绝不会看见这样的一个坟墓
当然我也将永不看见它
只要鱼还在水里
我就还好好地在土里,火里,空气里
除非直到所有这些元素
全都不在了
那时我就真的死了

但直到那时我仍存在
就像今天，带着一个明天
同时也带着一个昨天；
再见了，好好活吧
记住那些人是
根本不可信的，
就是他们告诉你你得去死；
等着看你的反弹

（1982）

嘿

没有神
玛利亚之类,金发辣妹
瓦萨女子学院第一名 ①

没有神像琼·克劳馥的嘴巴大小 ②
死掉了还在泥土里微笑
像可口可乐的弧线

没有神
会比巴尔的摩最下三烂的酒吧里
一个最真诚的小伙子
为恐龙哭得伤心

没有神
像莫桑比克人摩特的神
也许除了硫磺岛珍妮弗的神
或阿比西尼人阿尔的神
或闪族人希德的神

---

① 瓦萨学院(Vassar College)是美国有名的女子大学,在纽约附近。
② 美国影星琼·克劳馥(Joan Crawford,1905—1977)曾做过一系列口腔整形手术,后成为性感标志。

或者
没有神
在密尔沃基那天之后
没神
在牛奶撒泼五十年之后
没神
比宝马车祸中
傲慢的美国女王
更伟大

没有神
杰瑞·福韦尔牧师①
也能娴熟地给白燕餐厅的主顾们
在汉堡包上把洋葱铺平

没有神
万万亿死去的虔信徒就傻逼了
有神
亿万活着的虔信徒就吃屎了

为什么真会有个神

---

① 杰瑞·福韦尔（Jerry Falwell，1933—2007），美国电视传教士。

给你我这类人物
当年的穴居人
比利·格雷厄姆的上帝不知道①
就连穴居人或犹太人
也无法对我证明有一个神
站在雷克斯·罗伯茨和奥拉尔·亨巴德②
两个皱缩的屁眼之间
我能证明没有神
出自密苏里
我来自纽约城
——好像耶和华见证者关心似的

怎么可能有神
因为驴子喜欢草秫胜过黄金
见多识广的人则喜欢黄金
揣着乱跑结果中了枪
因为小鸡吃水煮蛋
很清楚不会有神
因为格雷戈里都叫做格里格

(1982)

---

① 比利·格雷厄姆（Billy Graham, 1918—2018），美国电视传教士。
② 奥拉尔·罗伯茨（Oral Roberts, 1918—2009），雷克斯·亨巴德（Rex Humbard, 1919—2007），均为美国电视传教士。

给三个人的情诗——给凯伊和我 [1]
——以及可能会有的另外一个

我会为你穿衣
在任何情况任何时间任何地点
穿上锦缎织就的华服
和裘皮束带

会为你脱衣
把你的流行饰物
疯狂撕成碎片
就让你赤裸在漆黑的夜里
脖上戴着阿西西金项圈 [2]

然后出于贞节考虑
再给你穿上
叮当响的内衣

日光下散步

---

[1] 女诗人凯伊·麦克多诺(Kaye McDonough, 1943—)是柯索晚年的情人,育有一子尼尔。
[2] 阿西西(Assisi),意大利古城,出过诗人普罗佩提乌斯、圣徒方济各等,是天主教圣地。

一位绅士走在你的身旁
那就是我
然而到了月光下
你会看见我的体内一只小野兽

不是那种在烂泥塘打滚的猪类 ①
……你会明白的,我亲爱的香香小巫婆,
是哪一类
让你的洞洞夹紧
是我贼头贼脑的宝贝魔杖

啊……然后我们说着枕边话
一夜过去
带走这一切
就像什么都不留下
或什么也没发生

哦睡得真香
我们的心
在被淹没的地方
呼吸

---

① 在烂泥塘打滚的猪类,指荷马史诗《奥德赛》中被仙女变成猪的男人。

这个统一体
遵汝之命
我留种

(1985)

记硬脑袋 (Testa Dura) ①

我的头脑和一个精密的头脑

翠鸟干的蠢事 ②
    都聚到我的脑子
我从前的快乐
    到哪里去了
当智慧
    在我脑中达到至点
正是吉日良辰
    适于从事语言劳动
哦空中大臭屁
我提前看到
    你的光

云是装水的信封
    由空气制成
    于火中铸就
这就是我所说的

---

① 括号内及副标题为意大利语。
② 古希腊神话中，风神的女儿阿尔库娥涅和启明星的儿子刻宇克斯结婚后相亲相爱，互称天后、天王，引起主神不满，溺海而死，化作翠鸟，继续做夫妻，据说翠鸟出现时能平息海上的风浪。

哦空中大臭屁

给众神擦皮鞋的那个男孩

    是我

他身后的也是我

坐在马桶上的

    一个老迈的被遗忘的神

带着爱，顺着思想，

    深蓝中褶皱的群山

和远远延伸的松柏

不感动地移动

    在我爱慕的眼中——

而风暴，

和冲撞的云

像长巨角的绵羊

正跟姑娘云

    验证它们的爱

——造孩子

    下雨

（1989）

火场报告——不是警报

我不依附
   于任何人的上帝
不管是一个通俗易懂的
   绝对体
还是无法解释的
   某种全能力量的
   不可见的气息
——我确实能感到
   令人恐惧的欠缺
在大圣师的
   激情中
   令人恐惧地被遏制
但并不在
   下贱的虔诚中
   弯下我的膝盖
或即便在失败的
   那一刻
也不屈服
   上帝怀抱的
   温暖和安全
——我不依附
   于神秘的三一体

或对文学化的晦涩
　　　　鞠躬
所以我的灵魂
　　　　被打上
　　　　思想放荡的钢印

——我站在
　　　　弟兄们中间
扶助那些老人
　　　　和穷人
还有年轻人
对他们我
　　　　敞开大门
如耶稣所为
我的隐喻就是
一个带着本土
　　　　灵魂的人
独自站在
　　　　世界面前
逃离上帝
　　　　作了我的孩子们的父
并且在我的手上
　　　　诗歌的指环——

（1989）

诗人对镜中的自己说

嗨，我是我呀——
真是荒唐得出奇了
这东西在捕杀我
以为只要我
被打掉
我就可以不仅仅是我
更是整整一大群的
过去的那些我，未来的那些我
通通一锅端
连同所有的年月
所有我去过的地方
集中在时间的这一个点上
这不是原先的镜子
   我一直看见了多年以前

    是镜子在变
    不是可怜的格雷戈里

嘿，这一辈子
   我去哪儿，我也去
   我待哪儿，我也待

　　　　我说话了，我也说
　　　　我听讲了，我也听
　　　　我吃什么，我也吃
　　　　我爱什么，我也爱

但不这样的话
　　　　我去哪儿，我就不去
　　　　我待哪儿，我就走开
　　　　我说话了，我就要听
　　　　我听讲了，我就要说
　　　　我斋戒了，我就要吃
　　　　而我要爱了……
　　　　　　　不我不能去恨

现在我看待人们
　　　　就像警察看待他们

而且我看待修女就跟
　　　　我看待黑天毗湿奴完全一样

不是不能找经纪人
是不能看见诗人去找经纪人

但金斯、费尔都找了①
而且通过他们弄了很多钱
还有名声
也许我也该去找一个经纪人吧?
　　　　哇!
没门儿,格雷戈里,待着吧
　　　　要靠近诗歌!!!

(1989)

---

① 金斯(Ginsy),指金斯堡。费尔(Ferl),指费林格蒂。

战地报告

夜色渐白
像一个巨大的哈欠
我来到了战场
做这份报告
我要向谁报告谁,你想知道吧?
小鸟是间谍吗?
它们向树报告;①
树向风报告
而风向所有的人报告——
但总是同样的消息
所以才需要我这份报告……
要打破那种单调
我看见的小鸟同样看见
只是传递的方式不同
总之我是到了战场
你知道这不容易
——头顶上子弹飕飕
它们不是真实的,它们是诗歌的子弹
只有缪斯,还能有谁?

---

① 据说这原是柯索、奥登、金斯堡之间的谈话。柯:你想过小鸟是间谍吗?奥:那它们向谁报告?金:树。

敢进入射程之内
她总有佩加索斯相伴
他会警告大家"躲开"
我则大喊"上啊,来一顿飞操"
她笑了起来
我就知道这话准让她笑
不,这真的不容易
尤其是当我必须去斗争
应对我特有的世界观

哦,我的上帝!那边来的是凯利
你不认识他
我认识但他快要死了
他不再是一个大肚罗汉
从前还能装十加仑水来着
让他扛着像一个孕妇
那是比尔船长
……我的阴影遮过山岗
再过两星期他也会死
太难了
要跟上帝讲真心话
要说出你的真实感受
只能凭一张直板板的脸

其次
什么时候有了
苏美尔？我们不是要说苏美尔
啊，为押韵起见
凯利，此乃一个树瘤耳
是故肿之胀之
而比尔船长，年事已高
简简单单，铁板钉钉，年事已高了——

错，我不是生于三月三十三
对，我在自我当中
就在菲茨罗伊的比格尔号[①]
和亚瑟王的小精灵中间
正确，我以百科全书式的头脑为荣
而且在百科全书中
你可以找到我的名字
我会大有前途
但绝不会进步到
控诉自己的伪善
看看欧里庇得斯吧
你觉得那些臭屁哄哄的检察官

[①] 菲茨罗伊（Robert Fitz-Roy，1805—1865），英国航海家，率测绘船比格尔号（HMS Beagle）环游世界，达尔文就在这条船上。

知道的比他见到的更多吗?

但在这里

在这日没西山的黎明

我眼见所有的奇景

并哀叹我仍被典当的生命

……满地废纸

满纸可怜巴巴的

都是不痛不痒的小调;

达芬奇式的微笑;

以及

符号式的几何图形

——为了换一针

统统典当了;

格雷戈里,别跟我说你不是伪君子

我不是伪君子

我站在科隆纳广场

(我妈妈的娘家姓)

在柯索大街上①

(我妈妈的夫家姓)

这样能让你明白一些吗?

---

① 科隆纳广场(Piazza Colonna),罗马市中心名胜,在柯索大街(Via del Corso)中段。柯索大街是罗马城最古老的中枢大道之一。

如果格雷戈里不是我

为什么那些漂亮孩子都要

向我招手？

一个圆环空了

就像很久以前刚冒芽

和平！让我的炸弹变成臭弹

和平！哦世界，收起你的烂泥吧

和平！我就在这里生孩子

是谁在扰乱和平？

是什么样的人要把

我们的命运玩弄在他们靠不住的指尖？

我从来没想过生活会比我更精明

还小的时候

我在《今日新闻》上看到

"长命骑警"死于车祸 ①

想想多让人纳闷吧

就在前一天晚上

我还听他在收音机里说"明儿见"

但愿我知道时间在等待什么

——等待只会招来魔鬼……

---

① 长命骑警（Long Ranger），指热门广播剧《孤胆骑警》（*Lone Ranger*），英雄总是死里逃生，且连续播了几十年。1941 年该片第二任男主角格雷瑟（Earl Graser）死于车祸。

哦各家各户的母亲们!
我绝不会把他们弃之不顾——
哪怕我不得不从头再来……
有人以为我在找答案
(你知道,何时何事何故何人之类)
没门儿,我可不是追着自己尾巴转的耗子
我不过是一个会变老的小孤儿
我没娘,没爹,没牙,没家,
没有俏娘儿们,没有神,只有俺!①
现在懂了吧?
明白我怎样表演我的悲哀了吧?
我不是一个没来由的傻瓜
——在黎明时分的东河岸边
我看清了到底是谁

直娘贼! 和平的扰乱者,尖叫声
社会公仆们,
穿蓝制服的英俊少年,
别着大棒和短棍拼命往上爬——
那里人口密集
谁能呼吸
从强化的谣言中喷出的空气?

---

① 以上两行用了意大利语。

我不能忍受廉租屋的女士们发胖
穿着晦暗的印花裙叽里咕噜
都是同样干巴灰白的头发
一个诗人去嘲弄大众
还不如让一个美女诗人
给他脸上来一顿臭骂——
这种行为不会针对缪斯
她可端着一挺大号冲锋枪

粉碎！抛弃！
该死的配套单间！
监狱！该死的
来来回回，来来回回转圈
该死的三面墙的永世
一个又一个小时，而我
从来没上过月亮
——跟我走吧！
但对我来说我是不可或缺的——
如果你是一个孤儿你就需要自己
这样我就获得了父性
我毕业于孤儿性——
我写进报告：（逗个乐子）
那里没有神秘关联

没有轻浮姿态
没有时新的放荡
拧紧预先排定的死期
啊，这时令这夜晚
我在罗马在我的整个光中——
是啊，这无常，暂短，轻浮，
那么自在那么舒坦，斗志昂扬的战队！

我呕出你的美
我没有擦过任何东西
小心翼翼地我踩上地毯
你是我生命的闯入者！
嘿，但是我爱你，你知道的
尽管你把我在少年杀死
我仍旧是农西奥
十九岁，渴望着出发！
我的生日很有可能是三月三十三
哦，我的房间乱七八糟！
我老婆在哪儿？扫帚在哪儿？
恩泽四方的缪斯，这真是无趣——
尽是我的所为
是谁让你想去做这做那的？
又是谁放大了我罗曼蒂克的心？

没有裁缝为我披上丝绒斗篷——
哦无足轻重
横过安吉里柯桥 ①
我描绘了细密的意象思想纯思想
我们将比我们仓促记忆中的所见更长久
然而啊
然而这一切
就构成了众神?
众神才知道——

哦死亡,我厌烦了……
不想再蒙骗你白日的百分之三十七
我已经成了一个多么龌龊的世界送葬人——
麻烦在于:
我太过真实而死亡却不
我只觉得
我对它思头想尾的努力——
是慈善活动

哦柔软的黑,那往昔
撩拨神经的大师

---

① 安吉里柯桥(Ponte Angelico),罗马古迹。安吉里柯(Fra Angelico,1387—1455),意大利宗教画家,以笔触细密著称,是艺术家的主保圣人。

冰冷而恐怖
放过我们受制的心吧
像松开攥紧的丝绒——
这位大师,那么爱歌剧,喜欢独处
总有一个微笑给所有的人
他像人生所允许的选择一样神秘
他什么也不是只是让人惊叹
但是当水壶喷汽
女人在爱尔兰沼地哆嗦的时候
大脑小心啊!到处都是巫师
那是一种电脉冲的热情
危险思想!想想冰冰冷的蓝
水泵会自动关闭
快想吧!昏迷不醒的东西会死
哦仁慈睿智的你啊!
当他们冲着身体而来
像一队埃及祭司团
发电机将咆哮
水泡胀成白沫
风将敲打玻璃
刀剑重启它们的格杀

我厌腻了这份报告

我宁可去玩黑杰克牌

但我属于虔诚人

献身墨丘里

众神的最伟大信使

在希腊人们认得他是赫耳墨斯

在印度是迦尼萨

在埃及是托特

在以色列是摩西

在斯堪的亚是洛基①

  在北方地区是贝洛苏里之箭②

在美国是 CBS

但是风雨总在一瞬间降临

再但是,还有另一类的报告

那种东西,感谢赫耳墨斯,我没参与

我是不是该质问该怀疑

到底是什么发生在拉克万纳?③

很多朝鲜人去了那边

剪串子上的烂葡萄——

---

① 洛基(Loki),北欧神话中专在众神间捣蛋搅局的机智狡猾的信使,邪神,他传播的消息经常是假的。
② 贝洛苏里(Bellosurian),不详,bello 意为:战争。
③ 拉克万纳(Lackawanna),美国纽约州布法罗附近一城市,衰落的钢铁产业中心。

黑人们睡着了
在冰冷陈旧灰暗肮脏地铁人行道——
啊！这是一只黄金蚜虫的赤陶肛门——
多少也能加强我的报告，不是吗？
来一场伊特鲁里亚地铁之旅吧①
在赤陶车里
让最新埋葬的黄金滑梯
进入一只姥姥广口瓶，哈哈
黄金的6字
是翘角的9字
——椭圆形抹子
圣甲虫的肠肚——
有什么能好过在屋里养一只猫头鹰？
哦，真棒，果实心脏的人来了
他刚坐完班房——

嗯哼，新伊特鲁里亚人买了房子
在老伊特鲁里亚
猜猜发生了什么吧！
从那不勒斯来的小伙子们
带着铁锹和盖革计数仪……

---

① 伊特鲁里亚（Etruscan, Etruria），意大利古文明，其艺术以赤陶雕像和墓室壁画闻名，公元前3世纪为罗马所灭。

寻找埋下的陪葬黄金
他们在他屋里挖得满是窟窿
他难过极了因为他的房子在下沉！

我的生日又一次与你恰逢
哦，重生之日。
伊奥斯特日，鸟蛋的大禧之日！①
我记得吗，哦是的我记得！
在复活之日一切该来的都要来
1968 从年份到日子
3 月 26 日是人出生的日子
接下来
1989 的这个 3 月 26 日
再次重生日！
复活节没有固定日子，复活节是可变的！②
啊，要诞生
要复生
要知道晨光降临
碟子上有什么

---

① 伊奥斯特（Eostre），古日耳曼神话中的春光圣母，司生殖和富饶。她的吉日是春分，家家户户寻蛋、立蛋、制彩蛋作为迎春吉祥物。基督教的复活节（Easter）即以此命名的，并沿袭了部分带有巫术性质的仪式或习俗。在一些地区这两个节日是混同的。
② 各教派对复活节的算法不同，3、4、5 月都有。

人就吃什么——
那边有个孩子
正站在射程的另外一侧
那边有些多么可爱的东西
在其全然独处中
空间围绕着一个疯狂的孩子——
一个最初记起的忧伤
回忆着潮湿的树林
冲刷我们年轻的蜷缩的身体
——不是所有的雅典人
都垂死在一个个海滨城市
还有许多正以缓慢的速度倒下
像一列列已被定罪的士兵
在集体墓前手握着手
一个接一个
对后脑射击
我诅咒这种新瘟疫！
它的疾速
转眼就突然变成现实
他们都还年轻
他们是百里挑一的精英
这是一种古老的疫病
折磨先锋群体

北到南，东到西
一种看似讲道德的传染病
按军团级配备
他们倒下，所有蒙福的天才
一个接一个，全都那么机灵，年轻
正是：一个更真正更真实的神祇
一个希望超越无望
超越痛苦、恐惧、愚昧的人
的确生命比生活意味更多——
五个十年的变迁让我衰老
三十年代的萧条
四十年代的大战
五十年代的文化
六十年代的意识爆裂
七十年代的背叛
八十年代的瘟疫
但为什么还有孩子们？
那不是永恒的孩子
那不过是持续不断的生孩子——
我但愿她能忠于弓和箭——
大灾变的诡异名声
在咖啡馆嘀嘀咕咕穿梭
一口咖啡吱吱

一把匙子叮当
都表示台风——

一尾小鱼苗逆着他自己的方向游
激烈枪战中有一个道义规则
心脏被击中……黄金凝结的流血区……
我们常以为事情会有多难
直到希腊人来了
一个个备好他们的警告牌:
小心我穿着裤衩!
为什么他们这样做?
为什么他们那样做?
我真想塞一枝玫瑰在你的心上——

衰老的革命者
沉入一把下沉的椅
手指捻弄头发的卷缕
他午梦着一个时代之前
当年一切尽如所见
万物皆被照亮
就像卡拉瓦乔的一幅画——[①]

[①] 卡拉瓦乔(Michelangelo Merisi da Caravaggio,1573—1610),意大利画家,善用光线表现写实风格。

头低低地
一个人扒光了他的列侬
——老征程的脚步
磕磕碰碰全部走完
圈圈白发如光轮环绕头顶
那曾经爆出最狂野发型的头
他的四壁贴着老宣文
"要感激死头发"
都在泛黄……泛黄

快闪开,我奶奶要上床了
垫上羊皮褥子
还有我爷爷也跟她上床了
他在她上面或恰相反
然后一起造了她
我妈妈
错了,不好意思,是他
造了他,我爸
于是有我五十八年后在这里
寻找他们的洞穴
全都被九重葛覆盖
我没有相机只能用记忆保存

音乐在加强这部片子

可口的微笑

和浓郁的大蒜味儿——

最亲爱的英格兰

是我呀

你亲爱的扬基佬

还记得从前我把你驱上了壁毯墙吗?

硬要狮子和独角兽

宁让霍萨及阿莱斯堡剪除?①

但没有诗歌得以诞生

    十年过后又十年

        一代又一代

人类的灵魂在占卜

     因何从何有歌手们的一个复兴

         荣膺该时代的特有桂冠

宣告如下……黎明之后又过数百年

    意识觉悟之正午来临

        如梦中现实一般兴起

以及因何从何能绽放鲜花的孩子们

    在爱的夏日里——

---

① 霍萨（Horsa），5 世纪征服不列颠的撒克逊人头领之一，以"马"为名，战死于爱勒斯堡（Aylesford），据说白马巨石是他的墓地。

啊，森林，其间有灰鼬吼着野兔

那里的一切恐惧之源

有一个水泉中的托盘

来展示浸信会教友的头——

是啊，神疯的人护理神病的人

从中西部矿坑里出来了琼斯先生 ①

圣弗朗西斯科给他上帝之殿

从反社会牢笼里来了曼森 ②

圣弗朗西斯科在花般羊群中间安派了基督狼

从南部来了残暴汤姆

这座和善的城市成了他的保护区

地上的罪皆在此抵偿

这座法兰西斯的城 ③

这个大偿罪者只是一个效仿者

和天宫图里的笨鸟

用一把汤勺给它的居民们割喉咙——

这座雅典人和诗歌

艾滋病和费林格蒂的城市

---

① 琼斯先生（Mr. Jones），可能出自比吉斯乐队歌曲《纽约矿难1941》（1967）。
② 曼森（Charles Manson，1934—2017），美国邪教杀人狂，被视为反社会偶像。
③ 圣方济各（圣弗朗西斯科、圣法兰西斯），天主教圣徒，主张清贫苦修，代万民赎罪，旧金山以他为名。

就是它留下的一切
复兴,哦仁慈的复兴——①

发生时,头脑里猛地一声咔嗒
就像一个神经键已经接通
于是我自由了
摆脱虔信的迷狂
在夜里尖叫!
阴森黑暗的灵魂之夜!在中午!
抓紧!
手指!
标志!
哲学!
转变!
如果我问为什么我就不能
扮演自我?
我不是自相矛盾
我该怕的是美
在某种疯狂舞蹈中飞旋的匪帮——
一个形象,消失在远处,
高,瘦,猫一样

---

① 可能指与垮掉派密切关联的"旧金山文艺复兴运动"。

那是莎士比亚在潜近一湖蒸汽……

当着他狰狞的绿眼

生命像一面镜子破裂

变成死亡的碎片

每一片反映一个包罗万象的人生——

假如我从未出生

莎士比亚还是一个真实存在吗？

如果我终止这次旅居

他对我还能怎样？

老朋友凋零

而新的没找着几个——

在祭坛上

一个扭曲的受难像抓在死者手里

茫然的修士们

穿上笨重的褐衣

在夸张摇摆中点着光溜脑袋

祈求那该下地狱的昏朦快快消散

奥斯塔拉！奥斯塔拉！[1]

他们喊　奥斯塔拉！

没有谁听见

---

[1] 奥斯塔拉（Ostara），古日耳曼春光圣母伊奥斯特（Eostre）的另一个写法。

——院子里一片吵嚷

晾衣绳上的水壶

和各种器皿

在风里叮铃当啷

一场怪叫连天的旃陀罗大骚动！①

高歌歌歌歌歌的赫尔德林吉！②

毫无愁苦；全然庄肃……

战场不寻常地寂静

她都玩残了她的突击枪手

那个疯孩子也已经磕磕碰碰走了

但我所有的罗马梦里还有谁

坐在中庭

头倚着葡萄架

在一把鹰爪脚的椅子上？

所有征象都在这儿了：

那个小孩曾经

一圈绕一圈走着

沉默地埋着头

像一个中国大官在院子里踱步——

---

① 旃陀罗（chandalas），印度种姓制度中的最底层的贱民，"禁止接触者"。佛经中一般指从事杀生职业的下等人。
② 赫尔德林吉（Heldlinge），不详，可能指纽约百老汇的老剧院 Mark Hellinger Theatre，1989 年关张。

报告：全都是《纽约客》卡通
从没有《纽约客》诗歌——
刚进入这个游戏我就明白
诗人对诗人狠一点是没错的——
啊，看那儿
我的鬼灵精怪老友已经进入战场
像个瘦麻秆僵尸提着
一只威登提包
和一本《纽约客》
油乎乎地夹在胳膊底下
他怕是很懂《纽约客》诗歌吧
……嗯，他可不是能从空虚里品出味道的怪才

琐细的阴影！薄脆的辇轿！
我知道为什么西拉占了巴拿巴的位置①
在保罗旅居的时候
……啊，这些被污损的诗歌制成品
这个知识、真理的粗陋小船队……
一群人首魔怪在觅食

---

① 西拉、巴拿巴、保罗均为《圣经·新约》中的使徒。保罗是最著名的使徒之一，他原与巴拿巴一同传道，后在安提阿停留时因另一使徒（马可）发生争论，改与西拉同行，参见《圣经·新约·使徒行传》15 章 37—40。

——甚至我敢担保

图像清晰,证实

对一个更高更精理想的让步

同时仍保持一个罗曼蒂克暴政的外观

我已不再需要任何一种靠垫……

可怜的圣阿加莎![1]

小天使般的蠢货们

捧着她的奶头碟子——

穿过各个科学殿堂一路去

学习怎样认得

按时行走的时间

钟表和日历

太阳的规律性

当时间召唤便有命运降临

你的时间到了

也就几秒钟的事儿

带我上那儿吧

传说中马儿入厩的地方

把我随便搁哪儿吧

---

[1] 圣阿加莎(St. Agatha),基督教传说中美丽虔诚的西西里童贞女,后被求爱不成的暴君割乳而死。意大利画家泰波罗(Giambattista Tiepolo, 1696—1770)有《圣阿加莎的殉道》描绘此景。

中心就是一切地方
接纳我吧飞翔的族群
让我一溜烟跃升大气层的清醒
在圆溜溜的云朵朵上咯噔咯噔奔驰
不停地扑翅
一群群天使上下川流不息
闪避的单翼机，爬升的双翼机
让我亲吻他们柔软潮湿的鼻头
让我感觉他们浓香的呼吸中
炽热的喷烟
让我成为他们的芬芳
在他们甜滋滋的汗水中冲刷……
带我去那些老迈枯槁的
　　　　人头马闲逛的地方
让我听见他们的肌腱交谈
并得到钥匙打开一种狂暴的哲学
——正好这时候我无家可归
让我乘上一匹中国的老人头马吧
梳髻的长髯
华夏皮色
如中国商店里的一尊象牙圣人——
我乘着他
腾腾腾过了桥

朝着"道"之门
我向那看门人恳求
我的准入证能批下来吗

在它看来我就像个光腚的鞑靼人
揪起它的银色鬃毛让它直立
告诉它"你是我梦里塑造的动物之灵"
然后弯腰咬住它的皮质耳朵——
我看见一切除了一切还是一切
汉尼拔的军马队
在慢芭蕾中一匹匹下去
一批批进入有预谋地下落
然后升起幽灵的骑兵团,远去!
睡眠的骑师们
乘上一个个梦
……夜的母驹
拼叫频过屏幕
在做梦人的眼中

我走出小小几步离开自己……
在此刻我看见自己
正从大街上过来
跟往常一样

我耐心地守在某个拐角

等着我与我再次结合

有一天我就会

起身走开

. . . . . .

急报　急报　急报　急报　急报

……一个没有辐条的空间在呼旋……

……一个点完美地弧向自身……

……轮的运转

从轮匠手中流出

总以缓慢稳定的速度

最先进入圆环的

最后进入循环

……在崩涌而至的小衰灭中

有一个人巨大地滚翻

像一个老希腊神……

以辽阔的心灵容纳整个大爱奥尼亚……

……以西方的晨与昏的

玫瑰色眼睛……

……以黑森林缠绕的头发……

……升上两万英尺高空

货舱门爆出

连带九个座位上的乘客

七个掉进大海

剩下两个

被吸入引擎

以前,另一起飞机坠毁,

有两人还捆在座位上

飞过一间饭厅

那里有三个老太婆

在吃威尔士兔肉

……燕子像闪电战轰炸机群

正扑向一只猫!

……每秒一个秒差距①!轰!王牌飞行员吉姆·布雷兹

哦!恐怖打击手!

你夜魇恶鬼的难以言表的行径!

……所有掩饰的形态,囤积如山

……街对面是一个小修院

在那里彼得被倒挂在十字架上……

---

① 秒差距(parsec),天文学单位,大致为 3.258 光年的星体距离。

他们又在为纽约的死刑吵嚷
黑人只管实施即可
关键是警察……他们不喜欢被杀掉
穷困从来没有东西可丢失的
复仇不适用惩教
哦无知者的自我暴政!
对自己和他人的残酷无情
罪孽!悚人的恐惧!真恶心!
在美国有五千万无家可归的
小猫小狗

在黎明
一大群思想易变的人
冲向光明
山魈以明日语言做出预报
犹大来了!①
哞吆——哞吆!
王国里有一头新的狮子——
虽然什么都没那么好
一切也都没那么糟——
从哪里去追随已远去的东西?

---

① 犹大(Judah),一般指《圣经·旧约》里的犹大支派、犹大王国以及后来的犹太人,不是《圣经·新约》里出卖耶稣的以色加略人犹大。

富裕又年轻的美国人在吸可卡因
而整个大中国不屈不挠地航行——
就让这小子沉湎在美杜莎的纸捻里吧
用它的蹄跟敲出佩加索斯式的火星
……以诗歌的翅膀翱翔
……最后想象的可能性
是需求启蒙了喑哑的族群
……从这个纯现实主义世界的
沉沉阴郁中升起——
黑曜岩……大理石
以及菊蛤贝
这个战场，这片阔地，这
晚旧石器时代的农田
从海滨码头到更早期的
和中期的多瑙河盆地
到玛西亚平原①
显露于德涅斯特河-布格河地区——②
他已被查明是有罪的……
在一个小空间里
他将度过大时间——

---

① 玛西亚（Marcia），拉丁语与战神（Mars）、战争有关，诗中可能指大战场。
② 德涅斯特河（Dniesta）、布格河（Bug），均在乌克兰西部，二战时被轴心国占领，成立傀儡政权。

这种不平衡是不自然的

最适合人的自然空间

是他从清晨到傍晚

能走过的地域——

不要把你的《阿尔汗布拉敕令》①

带回给我

太多纷扰的 1492②

纠缠着外方人以及犹太人——

是从哪里冒出

那么多仇恨和动荡

又是在怎样的地窖里

像病毒一样蛰伏

随时准备发作

让我们彻底失去冷静？

我们是不是各种异物的搅拌器

把一块干酪搅拌成杀人狂

熏着我们的鼻孔嘴巴和眼睛

弥漫着谋杀**谋杀**——

愤怒看来是现成的

---

① 阿尔汗布拉敕令（Alhambra Decree），1492 年 3 月西班牙国王下令将境内犹太人永远驱逐。阿尔汗布拉是西班牙著名的伊斯兰宫殿。
② 1492 年，西班牙彻底击败摩尔人，驱逐犹太人，派遣哥伦布远航、抵达加勒比。

它把一个人烹煮——
出现时正撞到他
不过最轻轻的一闪念
他恰好割掉你喉咙——
煤舱里
发出耗子腐臭
他如此厌恶自己——
那边的两个流浪汉
他们躺着的样子不像
地中海人做的哥林多式华柱——

那只火蜥蜴,
它立在半没水中的
岩石上面
四周的水流
在打漩
……当它镖出去的时候
我看到的不仅是它那细小的湿脚印……
我有某种根本性的恐惧当时——
她呜咽着"癌症",用最
刺人的尖叫声音
……能对她说什么
就在这乌有之地

他们快死了,他们都快死了……

我懂得说的
就是确实和真实
在一次生命中把握的东西
没多少人知道
要提防某个早晨
不要相信人行道上
土地会颤抖
而风
一阵巨大的风将到来
并把一切吹走

激光之后的那日
正是红点
进入了黑箱——
停 她的心思流动她的手
在墨水的稳步滚动中
写下高明的技艺
不用时间去想
她已经知道
那衔接的连环

停 正是她由此切断了
疯狂 **停** 把老方案化解成更光辉的生涯
停 成为无声的强迫和贪婪的索求 **停**
看在老天的分上停吧

你，我见过你
在老早以前
你在大地上滑过
两脚在空中
从不接触地面
就像在梦里你想到哪儿就到哪儿
然后在那里找到对恐怖的狂热
它的真理赤裸裸地摊着
你一辈子绝不能犯一点错
哦最精妙的智慧
你见到日落升起的地方
看着你对他指望什么
神意会领走
不会游泳的人
我是他年龄的双倍——

一泡蓝尿轰隆
在老桶子里

讲述着所有的起源

以及棺盖的钉死

等我见到上帝

我也会有同样认识

……就像我什么也没欠神的

它也不该着我的——

让秘密共济会兄弟泄露天机吧

并用尽手段把上帝银行的支票变现

我不在乎

在天主教的眼里

我要好过大加那利岛①

而且我永远不会得到 33 度②

我奶奶是一个穴居女人

她认为我绝对胜任

马耳他骑士——血脉嫡传！

我该刷洗刷洗他们这些贵族

可怜的老弱病残瘦屁股……

记住，诗人生来就是国王、皇帝、教宗……

---

① 大加那利岛（Gran Canaria），位于非洲西北近海，属西班牙，大致在西经 15 度北纬 28 度。在拉丁语中 canaria 意为：狗，加那利獒犬是该岛的标志，诗中可能用此意。
② 美国共济会成员等级最高为 33°（度指等级），担任总会至高督察。北纬 33 度一带有巴比伦、开罗等古城。

求你重新再告诉我
我该把哪些
告诉你听
可否看在渐弱的
声音和电波上
原谅我们的小过失
停 哦不屈不挠的落水狗们！
哀哉的残须！挑衅的牛鸣！秀发
在从前的雨中呜咽

你身里有一个女人哦满脸横肉的恶棍
满心都是痴迷于恐惧
女人的恐惧不像男人的那样骇人……
再没有比现实主义女人更过硬的现实了
天性决定如此
如果女人跟男人一样乱来
要警惕一再泛泛而生——
男人能胡搞，女人不能……
这是输定的游戏，泛泛而谈
然而我喜欢机灵一点
在泛泛的时候——
可怕的是它要让一个大孩子男人
给他所爱的人一个小孩子

……很快她生了宝宝

她甩了那爸爸,说:嘿,一个宝宝就够了!

难道我的白头发

证明我长大了?

有一天我也要愚弄所有人

然后渐渐变成克拉克·盖博……

他戴了假牙,记得吗

至于影迷杂志?海达·霍柏①

说了费雯丽说的

"他那副牙口臭得像一头树袋熊!"

我预测珍妮·狄克逊会死——②

哦可有一个神让我去爱

值得献出惊异的祈祷

能让我把一切奇迹归在他身上

正如爱的伟大工作所应许

如果这样的神喑哑

我也会盲目

我将拥抱这空气

并呼吸它的美的呼吸

啊,这样的神真够甚的

哦必定会有一个神

---

① 海达·霍柏(Hedda Hopper,1890—1966),娱乐专栏撰稿人。
② 珍妮·狄克逊(Jeanne Dixon,1918—1997),美国著名占星家、预言家。

对我是全新的
从未沾染那些旧时日
丧失了人类遗产
——天生聪明
……源自大地子宫
它的最最核心
在空气包裹中闪耀夺目

如果没有日历
我可能已经活了一百万年
然后才上二年级——
生于回忆的
黎明时分
——有什么无法忘记的事情
令人怀念地发生过?
斯芬克司来到我面前
但是我从来没有
任何东西会跟在我身后
苏格拉底,基督般的
雪莱在兰波十六岁之前就写出伟大诗篇
姑娘们从来不是
远洋的男子,满身横肉
皮子黝黑,文身

不，她们害怕老鼠

穿着琼·克劳馥少年时的衣裳 ①

……每一张正统派脸孔底下都有一副硬面具——

姑娘们，这种人类只会和同性勃起

哪怕就看屁股扭扭！

什么厉害魔法呀这是？

学者们，希腊人，画家们，

人都彻底不知所措了！

你不会以为法官能说了算，是吗？

我是说不要跟那个穿黑衣的在一起

你背着只有天知道的罪孽

而他的头上有一个"**我们信靠的上帝**"——

无家可归者不受上帝的宠爱

有一天我们都要无家可归

我预言市长也会发现自己躺在大街上！

啊，距离遥远的未来……

我看见一只盒子缄着皮提亚斯骑士团的封印 ②

里面装满牛脂和松鼠皮——

---

① 美国影星琼·克劳馥自幼被生父抛弃，少年被继父性侵，后辍学成为巡回剧团舞女。
② 皮提亚斯（Pythias），古希腊传说中重义守信可信赖的忠实朋友。皮提亚斯骑士团是一个现代共济会组织。

我看见很多没人住的空屋
还看见啊呸一间有人的
他肥胖邋遢屋里
满地啤酒罐子
呸，他就躺在那里等着
魁梧强壮的年轻
姑娘们从各地赶来

未来的房间！未来的尺寸！
你打开门
然后走出窗子
无家可归者已经占满长椅
现在老人没地方可坐了——
那边有个无家可归的
她要上洗手间就当着所有人的面！
在亮堂的日光下！
还有另一个，
正抽着可卡因
……黑暗再也不用在黑暗中进行
为什么他们还要咒骂看见他们的人
一旦你把你的无家可归状态对人显露
还有什么需要隐藏呢？
——先得有家，你才能藏东西——

这里没有田垄密布的平原
这里是一群讨价还价的强奸犯!
当我最后一次
搬进一个新的空间
并用我所有的王尔德、波德莱尔
和雨果——
把四壁垒严实
这是一个更冷的战场……在这里
冰冻的女士们
挂在盖恩的屋棚就像一头鹿 ①

钞票不是按说明书来弄的
比如我搞到它
我搞来就已经内置电池了
就是说在某人兜里烧了个洞!
它一点不像吊在我四周的东西
……我刚抓住它,就不见了!
哇呀,老弟,停一秒钟!
亮光一闪它就玩完了
进了某个要命的黑手或者
四客份龙虾——

---

① 盖恩(Edward Gein,1906—1984),一个变态杀人狂、盗尸犯,他将女尸剥制成人皮,是众多恐怖小说、电影的原型之一。

我确实对钞票之道无知得很
所以我才会拒绝奖金之类,
"无底深渊,就在眼前,"
好像我不用旅行、交房租、吃饭、庆祝生日……
邋邋遢遢。哎呀那么邋遢叫我怎么放钞票!
把钞票放进每个衣兜,没有皮夹,没有别针
我只好把它卷起来把它塞进——
屁兜,小心屁兜啊!
那不是个好地方,我后来才明白
每次我把它掏出来付账
就掉了,我没注意,十块,五块,二十块……
有一次我转过身,竟是一张五十块……
哦多么特殊材料的钞票啊这是!
我是说它专门吊人的胃口
我就是这样,饿疯了,穷疯了
没吃东西三天了!
来两个大洋我就能弄到
土豆浓汤还有黄油黑面包!
但没有啊,我就这命——我进账
六百块,然后全填了我的胃口——
任何东西,都不是钞票制造的
而是钞票买什么就造什么——
例如,凭那首《结婚》诗

从 1958 年到 1988 年
我总共挣了三万块
看来我得把它叫作
洞房喜歌——
其实很容易认出
谁是钞票赢家
他们的模样实在是酷毙了
女人都知道一个男买主的价值
男买主已婚，估价即离婚
或者，她生儿育女；他
养家糊口，保佑她和他们的孩子
没有钞票真的谈不上爱情

今夜太多的形象
——得意洋洋地说它们都是"同一回事儿"
我已经很久没去上城
好些年了
两年在罗马
还有八个月在下城
在舒服的老格林尼治村
上城是什么？
是熟人
时髦……对我热情，

但熟人从来不能交朋友——
告诉我
告诉我为什么所有这些改变
剧烈地改变
昨天
昨天的一切都还在原地
包括所有胡搞的东西
……但来吧，旋风先生

把浴缸灌满……
到膝盖，
用杯子量水
这时浴女们
护送着阿基米德……
它傻愣愣地瞪圆了第三只眼
告诉你看得见或看不见的事情
最精微的奥妙则少有言及
大贤师是个天才男孩到年老时
拍拍阿拉伯人的肩膀
而一个巴西人可能回头微笑——
男人的身体带着一个鳄鱼脑袋
反映：
你的整个生命是一个战场

不可见之物武装到牙齿

强过恺撒的大军

交火……

战争的伤手

握着一只陈旧的黑银花环……

阿拉伯人和以色列人

都放弃了猪肉

……就那么简单……

但是哪一个

走开去了

就能把太阳变成

另外一天?

一个闪米特人……

亚伯拉罕出吾珥 ①

吾珥属苏美尔

苏美尔是非闪族

故而老亚伯不是闪米特人

……去查查吧。

我宁愿耶路撒冷已经没了

一个探访远古的过客

---

① 在《圣经·旧约》中,亚伯拉罕生于吾珥城,后听从上帝召唤,离开本地、本族,迁往迦南,获得应许之地。

想象着耶利米无处不在 ①
用铁皮喇叭对着耳朵 ②
巡察《创世记》的遗传学战场

把群星串的线轴缠绕成
一个浑圆的和谐
然后把它扔到树顶——
叫卢克莱修仰望 ③
并惊叹这原子……
发射两个老头儿
到沙漠去,都坐好
——比旧火车残骸上的
螺纹钢还干燥
很难让心灵去同情
这一堆烂醉的人
地铁沿线的塔门
像一块块生红锈的垃圾——
什么能拯救这些人

---

① 耶利米是《圣经·旧约》中的先知,曾预言犹大王国的灭亡。
② 可能指他使用老式助听器,或一战时期的人工侦听设施。另,铁皮喇叭(tinhorn)原指一种骰盅,借喻虚张声势的赌徒、打肿脸充胖子的假阔佬等。
③ 卢克莱修(Lucretius),公元前1世纪古罗马哲学家、诗人,提出原子论、神灭论等唯物主义观点。

他们的脸已消失得太远
他们需要的不仅是一个澡一顿饭一张床
这些衰老破烂丑陋的脸
私下的怜悯也不可能
没有悲剧讲述他们
他们结束了，完蛋了，不用看着心烦了
人比生命更仁慈
人有心，生命没有——
难怪，
生命看着人来来去去……无穷无尽；
它该对谁予以特殊关照呢？
——两只耗子在第三铁路旁啃比萨饼
我敢发誓，人性的残骸恨不得他能取而代之
哦稀有的美……我告诉你烂醉的人不会哭
追忆时光，哦慈悲
……每天下午；一个孩子的红木色瞌睡

晚年……它来了
像夜里一只陌生的猫
把它的头在你头上磨蹭
寂静的晚年啊……摸到你身旁
像一个乞丐婆
"给点儿什么吧？"

我对晚年还是很机灵的——

有些东西已经找不着了
它原先在我身上甚至是我的一部分
现在不见了
不见了我不知道它在哪儿
甚至想不起它究竟是什么
我只是知道我蒙受损失
就像如果我死了又再回来
看不到任何熟悉的东西……
有时我得到一点暗示
它让人畅快，舒服
像童年的记忆——
我青春的无知把什么都当作"**永恒**"
是的，正确，我们都要走了
总有离开的时候
……如果你误了这一班
肯定还有下一班
我见过有些焦急的人
念叨着：等待只会招来魔鬼！
是啊，没错，我们都要走了
你不会相信你能留在这儿，对吧？
"啊，不道德就是年轻，

瞧瞧梅普尔索普,①
年轻,面对它吧,它转瞬即逝"——

是杜鲁门说的,"一个不做梦的人②
是不流汗的人"——

梦,生命中的美妙东西
我们有三种力量:此时此地的;
想象的;梦里的——
至少,这是我的力量范围……
我是说在我去到希腊之前我就梦见过雅典卫城
我早在尼尔·阿姆斯特朗之前就上了月亮③
那是诗人们的老游乐场,月亮啊……

要说清原因
真是千头万绪
就像我死的时候
你会说我死了——

---

① 梅普尔索普(Robert Mapplethorpe,1946—1989),美国摄影艺术家,死于艾滋病,他的部分作品因"淫秽"引起争议。
② 语出美国作家杜鲁门·卡波特,原话是:一个不做梦的人就像一个不流汗的人,他积蓄了大量毒素。
③ 尼尔·阿姆斯特朗(Neil Armstrong,1930—2012),1969年7月20日登上月球的美国宇航员。

让我把事情弄明白又有什么意义?
谁人能解"乌有"?
你对这座城市施加极刑
你就让我成了哑巴城的诗人——
那只是听起来不舒服——

我的儿子在我梦里就是我
黑暗的没有保姆的房间
飘忽的阴影
天真的小脑袋安全地躲在毯子底下
我是一个已远离了孩子们的父亲
但正如荷尔德林所言我更接近了神[①]
同时远离它……
停

1989—1990

[①] 可能出自荷尔德林诗《拔摩岛》(*Patmos*,1802)的开头:近切又难以把握,上帝啊,但在险境也助长拯救者。